JN286013

マダム小林の優雅な生活

小 林 聡 美

幻冬舎文庫

マダム小林の優雅な生活

マダム小林の優雅な生活・目次

本文写真　小林聡美

真実《しんじつ》のお気楽《きらく》ライフ

結婚した当初、インタビューで、

「友達が集まるような家庭にしたくない」

と夫がウケを狙ってか本心か知らないけれど、とにかくそんなことを喋《しゃべ》ったのが原因だと思うのだが、新居に越してきてからというもの、ホントに誰も遊びに来ない。

今までうちに足を踏み入れた人間（とりあえずリビングまで）といえば、わたしの両親、姉夫婦と姪たち、弟夫婦、義理の両親、義祖母、義母の妹、タイル屋ケンちゃん、生命保険会社の人、以上十四人である。

いいのだろうか、こんなにヒトが寄りつかなくて……。

そもそも、夫が一日中家で仕事をしているというのが、大きな原因のひとつだと思う。

夫の仕事は出勤時間も勤務時間も決まっていないので、区切りというものがつけにくい。

別に夫のせいにしているわけじゃないけど。だから気やすく、

「○月○日、いいよ、遊びにおいでよ」

と友人たちを誘えない。そういう約束をしてから、後日、やっぱり夫の仕事が結構デンジャラスモードになっていて、とても友人たちとの時間など持てない状況になった時、土壇場でキャンセルするというのはなんとも忍びがたいことだからだ。別に夫のせいにしているわけじゃないけど。

そうやって、だんだんとまわりの友人たちから、

「小林って、やっぱ結婚してから変わったよねえ。付き合い悪くなったよねえ」

なんて言われるありがちな展開になっていくのである。いやいや、やっぱりそんな展開にはたぶんならないだろう。だって結婚前から付き合い悪かったからさ。

げっ、そしたら誰も来ないのって、あたしのせい？　ただ友達がいないってことか？

ねえ、あたしの友達、いたら返事して！　どうなのっ！

取り乱してしまったが、そんなわけでわたしたち夫婦は、猫二匹と共に、ひっそりと慎ましやかに暮らしております。

こんな暮らしでいいことは、基本的にヒトが訪ねてくる心配がないので、やっきにな

招き猫　買ったというのに　たれも来ず

って家をきれいにキープしておく必要がないことだ。猫の毛なんかが舞いつつ、

「そろそろ、お掃除しましょうかしら、あなた」

「そんな無駄なことしなくてもいいよ。どうせ散らかるんだから、おまえ」

なんていう夫婦のほのぼのとした会話が交わされ、やっと掃除機が登場するのである。だから、たまにヒトが（特に義母が）訪ねてくることになると、嵐のごとく、お掃除大作戦が繰り広げられる。そんな時は自分でもうっとりするほどきれいに片づいて、こんな時だったら、「お家拝見」とかに来てもらってもいいぞ、とさえ思う。こんなに片づくのなら、たまにはヒトに訪ねてもらうのも、強行的な手段かもしれないが、かなりいいかもしんない。

しかし、そんな暮らしもつかの間、気がつけばまたいつものように、塵《ちり》や猫毛やお菓子のカスにうもれた生活に戻っているのである。でも、平気さ。これが生きるってことだろ？　ヒトが暮らしていくってことだろ？　そうだろ？

こんなお気楽な毎日だけれど、それでもひとつ屋根の下で複数の人間が共に生活してゆくということには、それなりの規律というか、暗黙のルールのようなものがある。さすがにパンツいっちょでウロウロできないもんな。

あんたリラックスしすぎー

やはり、真実のお気楽とは、誰にも気兼ねのない一人暮らしの中にこそある。そして、そこには、そのお気楽と背中合わせの、恐ろしい真実の堕落も息をひそめているのであった。

先日、夫がいよいよ迫りくる締め切りに追われ、ホテルで原稿を書くことになり、久しぶりの一人暮らしとなった。それまで結構自分の中で意識して家の雑事の施行計画をたて、自分の時間を作っていたのだが、突然まるまる一日全て自分だけのものである。

こりゃええ。

何時に起きてもええ。何食べてもええ。どんな格好しててもええ。何しててもええことずくめである。

しかし、はじめはそんな誰にも気兼ねない自分だけの時間にウハウハと思いきり羽を伸ばしっぱなしのヨレっぱなしだったのだけれど、日が経つにつれ、これでは自分はダメダメ人間になってしまうのではないかという心配がふと胸をよぎりはじめた。

部屋にはどんどん塵が積もりはじめ、食事は冷蔵庫の中から適当なものを取り出して食べ、洗い物も一日一回、おんなじ服をずっと着続けているし（パンツ関係は着替えるぜっ）、だらだらと夜更かしをすれば風呂に入るのもめんどくさい。二匹の猫たちも、

そんなわたしのだらしなさに触発されて、わたしの皿から魚を盗み食いまでするようになってしまった。そんな猫たちを、

「コラッ、おまえらをそんな猫に育てた覚えはないっ、このバカ猫めっ」

と、折檻《せっかん》してやろうと思ったら、力あまってテーブルの角に自分の右手の親指をぶっつけて内出血、思いっきり腫れてしまった。くーっ。

こんな生活、情けなさすぎるわっ。あなたっ、早く帰っていらしてっ！

やはり、人間にはある程度の枷《かせ》が必要なのだ。

しかし、そんな枷がないと、掃除もしないうえにパンツいっちょで部屋を歩き回ってしまう自分というものを再発見し、頼もしいような悲しいような、複雑な心境なのであった。

流行遅《りゅうこうおく》れ

確かにわたしの顔はデカい。

いや、慰めは結構。

自分のことは、自分が一番よくわかっている。しかし親からの遺伝だから、こればっかりはどうしようもない。それに、こんなことで悩んでいるより、人生もっと大切な問題があるはずよ。そうよそうよ。

と、十代、二十代のわたしは、宿命のDNAを背負った自分を哀れみつつ、励ましながらなんとかここまでやってきた。そして、そんなデカ顔コンプレックスも、三十代の声を聞きはじめた頃には、

「そうよ、これがあたしなのよ。デカ顔の何が悪いっていうの？　ほれ見ろっ！」

と、もうそういう自分の容姿に慣れてきたのかどうなのか、とにかく、心のどこかに、

開き直りともいえる余裕のようなものがのぞきはじめていた。

しかし、それでこれだ。

なんかオバサンの「ほら、あそこの、ほら、あれが」「あーあー、あれね」などという、あれそれ言葉みたいでわけわかんないと思うのだが、あれだ。昨今の小顔ブーム。

困るのよこれ。

寝た子を起こすとでもいおうか、知らないふりを指摘されるとでもいおうか。

雑誌をめくれば『今、流行《はや》りはやっぱり小顔』なんて恐ろしいタイトルが現れ、『顔を小さく見せる着こなし』『顔を小さく見せるメイク』などという小顔特集が組まれまくっている。「誰それ（タレントの名前）みたいな小顔を作る」なんていうのにマジに挑戦したりしているページもあるぞ。ちょっとそれは、元の骨格が……。それだけでなく、テレビやラジオでも、

「なんか、最近小さい顔が流行りらしいですねえ」

なんてよけいなことを喋って、お茶の間の皆さんを洗脳している。もう、うんざりだ。

しかし、そんな世の中の風潮には今更よけいなお世話だと思うのだが、実際、限られた人々とばかり顔を突き合わせる普段の日常生活の中では、真実の自分の姿というもの

を見失ってしまいがちなのも事実である。

わたしの友人たちとわたし自身の容姿のバランスは、もう昔からわかっていることだし、友情関係に波風をたてないためにも、今更しみじみとお互いの容姿について指摘するようなことはしない。夫婦の間でも、ありがたいことに、夫はわたしに輪をかけて顔がデカく、一緒にいると、なんだか自分が小顔の華奢《きゃしゃ》な人間に思えてうれしくなってくる。これは、夫としてとても高いポイントだと思う。ただ心配なのは、将来わたしたち夫婦の間に生まれてくるかもしれない子供は、間違いなくデカ顔だということである。

「そんなことないわよ、隔世遺伝っていうのがあるじゃない」

などという慰めも無用である。わたしの両親も夫の両親も、皆、立派な顔をしているので。

ところが、自分の容姿の怪しさを忘れさせてくれる、そんなありがたいヒトたちに囲まれた平和な日々がいつまでも続くはずもなく、久々に「女優」に戻るということになると、再び、否応《いやおう》なしの現実を突きつけられてしまうのであった。

芸能人と呼ばれている方々は、どういうわけか、申し合わせたように皆顔が小さい。いや、そう断言もできないが、小さいヒトが圧倒的に多い。普段テレビで観て、結構大柄な方だよなーと思っていても、実際お会いしてみると、二割くらいは小柄なのである。悲しいのは、自分が普段「大柄な人物」と識別している方と仕事をすることになり、撮影に臨み、後日オン・エアを観た時、誰よりも自分が大柄だったりすることだ。特に喫茶店のシーンなど、座りの芝居になるとその兆候が顕著に現れる。わたしの肩幅も、顔の骨格に負けないほど立派なものだから、座っているだけだと相当背丈のある人物に見えるのだ。しかし、実際は、わたしこそ誰よりも背が低いのだった……。そして、更に追い討ちをかけるのは、モデルさんたちのぞくぞくたる俳優業への転身だ。これは卑怯だね、はっきり言って。背が高くて顔は小さいだけ小さい。こうなると、わたしは完全にマイノリティーである。しかし、そこで、

「でもあたしみたいなコがいないと、ドラマも嘘クサくなるしぃ」

などという負け惜しみのようなことは言わない。だってもう負けてるから。

実際、街に出てみると普通のお嬢さんたちの顔の小さいことよ。これが、現実なのだ。となると、わたしのほうが嘘クサいということか？　いやぁーん。

ひと昔前は、『色の白いは七難隠す』と言われていたが、今は絶対に『顔のコマいは七難隠す』である。あたしなんてこれで色白なもんだから、本当なら七難隠してもらわ

なきゃならないのに、更に膨張して、取り返しのつかないことになっている。

こういうふうに、小顔が『流行り』になってしまうと、顔がデカいのは流行遅れみたいでちょっと悲しい。とはいっても、流行だからって、こればっかりは作り直すことができない。

今はただ、じっと『流行り』の過ぎゆくのを待とう。

そして、将来、デカ顔が流行りになった暁には、それこそ、本当にデカい顔をして街なかを闊歩《かっぽ》しようではないか。

そんな日来るんかいな。

夜《よる》のお供《とも》

薬に手を出すよりよっぽどマシだと思うのだが、はっきり言って中毒である。しかしこればっかりはそう簡単にはやめられない。夜のお供にはこれである。もうこれなくしては、夜の生活は考えられない。カ、カラダが……、アタシのカラダが……。

そのモノとは、ずばり、耳栓である。あっはーん。

耳栓をするとしないとでは、睡眠の質に雲泥の差がある。というか、これをしないと眠れない。そういう体になってしまった。

もともと眠りの浅いわたしは、ちょっとした物音で目をさましてしまう。それでいて、ヒト一倍睡眠を要する体質である。眠れないと「眠らなきゃ、眠らなきゃ」と焦り、よけい眠れなくなる。要するに神経質なのよ。いや、繊細と言ったほうが的確か。そんなわたしに、耳栓は、まさに眠りの神様からの贈り物である。

よく「耳栓なんかして眠ったら、泥棒の音とか、なんか非常事態の時、聞こえなくて恐くない？」と聞かれるのだが、そこがまた耳栓の優れたところで、カサカサ音やサワサワ音はカットし、電話の音や目覚し時計のベルなどカタチのはっきりした音はちゃんと聞こえるようにできているのだ。スゴいだろ。そんな頼もしい夜のお供のおかげで、結婚した後も夫の空恐ろしいイビキに脅かされることもなく、安眠を貪《むさぼ》る生活が続いていたわけであった。しかし、そんな耳栓依存症のわたしに、ある日思いもかけない事件が起きてしまったのである。

それは仕事で京都の某ホテルに泊まった時のことだ。

次の日は、早朝六時半メイク開始の予定だったので、東京に残してきた夫に六時のモーニングコールを頼み（もうその頃には夫は仕事をしているので）、さらにホテル備えつけの目覚し時計もセットして早々に床についた。もちろん耳栓をして。旅の移動の疲れか、寝つきの悪いわたしも、その晩は吸い込まれるように眠りに落ちていったのである。

夢を見た。なぜか、道に迷って泣きそうなわたしを、中井貴恵さん貴一さん姉弟が親切に道案内してくれ、更にお茶まで御馳走になり、全くなんて親切なご姉弟なんでしょ

あんたまで……

う、と感激に打ち震える夢だった。お茶をいれてくださる貴一さんの後ろ姿をみて、あぁ、お父様の後ろ姿に似てきたなあ、お母様はさぞかしうれしいだろうなあ、などとしみじみしていると、突然、誰かがわたしの布団をガバッと剝《は》いだ。

「あんた、何してんの!?」

そりゃ、わたしはビックリ。な、な、何って……、へっ？　何が？　な、中井貴一さんが……。

あまりに突然な出来事に、何がどうなっているのか判断できなかった。とにかく枕元には、うちの事務所のAとスタイリストのMさんが緊迫した面持ちで立っていた。

「へっ？　アタシもしかして遅刻？」

と時計を見ると、なんとかまだ六時二十分だった。

「なんだ、まだ大丈夫じゃん。あーびっくりした」

「あんた!!　びっくりしたじゃないでしょーっ!!」

Aはワナワナ震えている。

聞くところによると、どうやら、わたしは死んだかもしれないという事態だったのだそうだ。

噂の電飾目覚し

まず夫が、わたしの部屋にいくら電話をしても出ないので心配して、Aの部屋に電話をまわしてもらった。

Aもわたしに電話したが応答なし。ノックしても応答なし。仕方ないのでホテルのヒトにわたしの部屋の電話を鳴らし続けてもらったが、それでも一向に起きてくる気配がない。

これはおかしい、と。あんなに寝起きのいい小林がこんなにまで起きてこないのは尋常ではないぞ、と。

夫のもとには、ホテルの方から緊迫した口調で電話が入った。

「事務所の方の立ち合いで、ドアのチェーンを切らせていただきます」

もう、その時は夫はもとより、Aもわたしが突然死した以外考えが浮かばなかった。ひとりでわたしの死体確認をする度胸のないAは、スタイリストのMさんを呼んだ。そして、ドアのチェーンが切られ、心臓バクバクのふたりは、頭までシーツを被ったわたしに近づくと、思いっきりシーツを引っぺがしたのである。

そんな緊迫した状況だったとは知らず、泣きそうなふたりに、

「えー？　それはそれは、さるまた失敬」

と、朝のさわやかな駄洒落《だじゃれ》をひとつかましたら、

「何がさるまた失敬よっ!!　ばかぁっ!!」

と、緊迫した気持ちが一気に解け、Mさんは涙目になっている。ただの熟睡だとわかって、チェーンを切りに来てくれたホテルのヒトもなかば呆れ顔で帰っていったそうだ。

突然起こされ、突然怒られ、突然泣かれて、なんだか寝ぼけまなこの朝から、めまぐるしい展開であった。夫も、電話の向こうで安堵の涙を流したのは言うまでもない。

しかし、見事に何も聞こえなかった。ね、ね、凄いでしょ、耳栓。

やっぱり、いつも使ってる目覚しじゃないとダメなのかな。チロリアンバンドの凄いやつ。あれは、もの凄いからねえ。電飾と大音響。

え？　全然反省してないって？　さるまた失敬。

指《ゆび》まで接着地獄《せっちゃくじごく》

誰でも一度は経験したことがあると思うのだが、どうにかしてほしいのが、瞬間接着剤の「指まで接着地獄」である。

どういうわけか、瞬間接着剤を使うたびに、まるでお約束であるかのように指まで接着してしまう。

ある時は、O．K．合点だっ!!　のカタチのまま指が固まる。そして、またある時は、ああ、この間使った時、指までくっついちゃったから今日は気をつけよう、と思ってるはしから、お巡りさんの敬礼のカタチに指が固まっている。

なぜだっ！　どうしてだっ！　そして剝がれなーい!!

大体、瞬間接着剤というのは、指に付着したという感覚がない。ドロッともしていないし、冷たくも温かくもない。しかし気がつくともう手遅れ。指の何本かが不自然なカタチでまとまってしまっている。

そして今回もまたやってしまった。

そもそも、女であるわたしが、テーブルの上に仁王立ちをして、首を無理矢理後ろに反って天井に穴を開け、そこに接着剤を流し込み、ネジをねじ込み、そこにランプの紐をひっかけ、ランプの位置の調節をする、というオヤジ仕事のようなものを担当しているのが筋違いな話なのだ。こういうのは男の仕事だろう。えぇっ？　そうだろ？

しかし悲しいかな、我が家ではそんな常識は通用しない。特にこのような複雑な工程の作業の場合は。いや、別に複雑でもないのだが、電球を付け替える作業にも長時間を要する夫には、この仕事は複雑らしいのだ。そして、更に都合の悪いことに、サル年生まれの大工の父親の血をひいたのか、わたしはかなり手先が器用なほうである。そりゃ、向いてないヒトがやるより向いてるヒトがやるほうがいい。だからわたしがやるのです、はい。頑張ります。

さてさて、問題の瞬間接着剤地獄のお話。

そうなのだ。懲りもせず、またやってしまったのだ。今回はジロさんの「飛びます飛びます」のカタチである。これはあれだね。やっぱりどうやっても剝がれないのね。

ちっとも学習をしない自分に対し、半分呆れ、半分焦りつつも、とりあえず取り扱い説明書を読んでみると『誤って指についた場合は、慌てずに指をお湯につけて柔らかくしてから剝がしてください』と書いてあった。そりゃそうでしょうよ、と流しの洗い桶にぬるま湯をためて、そこにジロさんフィンガーを浸けた。ちょっとでも早く接着剤がゆるんでくれたらと、くっついた指を微妙にモジモジさせながら。

しかし、五分経っても十分経っても指は、相変わらず「飛びます飛びます」のシェイプを崩さない。だんだんイライラしてきてモジモジを大胆にしてみると、うっ、と皮膚の裂ける感じがなんとも気持ち悪いし、何よりも痛い。だが、その反面、もしここで思いっきりテヤーッと指を開いたら、どんなふうに裂けるのだろう、という興味も湧いてくる。いやいや、やっぱり考えただけでお尻がキュッとなる。そういえば、瞬間接着剤地獄のエピソードは実に恐ろしいものばかりである。

誰かがいたずらで、野良猫の目に接着剤を流し込んで両目をふさいでしまったという、聞くも怒り、書くも怒りの話はニュースにもなった。くそー、腹立つ！　どうしたらそんな残酷なことができるんだ。ばかたれめ！　そしてもうひとつは、ボウリング大会で、ばかなやつがふざけてボウリングの玉の穴に瞬間接着剤を流し込んで、それとは知らな

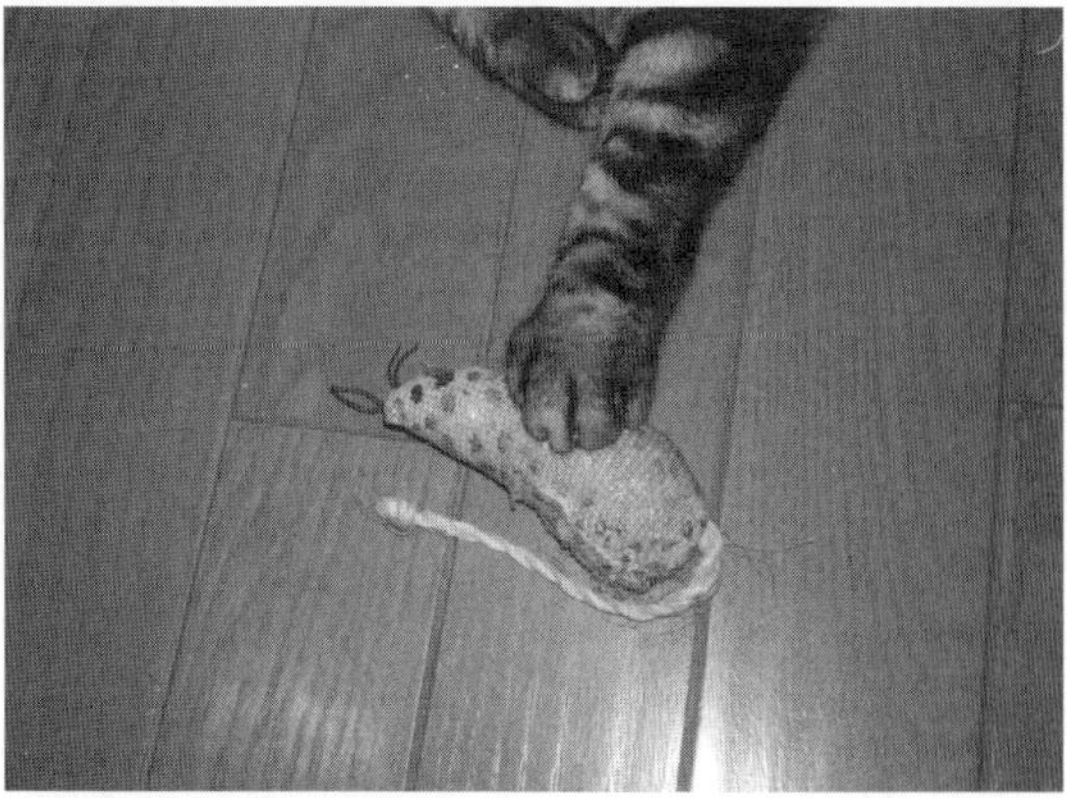

これはのり付けされたわけではない

い気の毒な仲間がそのボールに指を入れてしまって、さあ大変、という話。それは、どうやってもとれなくて、結局救急隊を呼んで、そのボールを粉々にかち割ったという。ボールが割れても、指のまわりについたボールのかけらはどうするのだろう。こそげるのにかなり時間がかかると思うのだが……。また、くっついた指がどうしても剝がれないから、血まみれになりながら、泣く泣くカッターで切り離したというのも聞いたことのある話である。ひょえー、痛ーい！　そんなに短気になるなよー。もうちょっと待ちなさいよー。

どれもこれも、考えるだけでお尻がキュッとなってしまうシリーズなので、慌てて頭の中でかき消した。

それにしても剝がれない。すでに三十分は経っている。立っているのも疲れてきたので、テーブルから椅子を持ってきて長期戦の態勢を整えた。指のほうは相変わらず剝がれる気配はない。気の長いわたしも、いい加減この状態に飽きてきた。

すると、タイミングよく、奥で仕事をしていた夫が「まだとれないのー？」とキッチンへやってきたので、なんか面白い話はないか、と聞いてみた。

「ああ、そうそう、瞬間接着剤といえば、修学旅行で夜、眠ってるやつの目に瞬間接着

ガードレールに自ら食らいつく木

剤塗って、次の日、目が開かなくなって大騒ぎになったたっていう話は聞いたことあるなあ」

　またそれ系の話かいな。

「それで、どうやっても開かないから、思いきって、ハッ、って開いたら、上瞼《うわまぶた》がちぎれてベローンと目ん玉が現れたという……」

　やめてくれ――――っ!!

　突き詰めれば、オヤジ仕事の得意なわたしをこの世に送り出したサル年生まれの父親が悪いのか、手先の不器用な夫のせいなのか……。頼もしい自分が不憫《ふびん》で、泣きそうになったので、「飛びます飛びます」と声に出したらもっと情けなくなって、マジに泣けたっす。

×　×　×

――その後、「瞬間接着剤剝がし」なるものが、相当昔からあることを知りました。わたしばかよね。おばかさんよね。

サザエさんとオザケンはえらい

その日は、新宿の東京都庁に出掛けた。

新しいパスポートができあがっているはずだった。

そして、都庁舎に着くと、自分の車を地下駐車場に入れた。車をロックすると、

「駐車券、なくさないように財布にしまっておきましょ。そうそう、ついでにはんこと葉書と印紙代の八千円も用意しておきましょ」

と地下駐車場のエレベーターホールに向かって歩きながら、バッグの中をがさごそとまさぐって財布を探した。しかし、そこで大変なことに気づいたのである。

「さ、さ、財布がありましぇ〜ん」

わたしは焦った。非常に焦った。

とにかく、財布を家に取りに戻らなくてはと、車に戻ってエンジンをかけたが、そこ

でも重大なことを忘れていた。

「駐車料金払えましぇ～ん」

そう、あの踏切のような無人精算機には、情けも容赦もない。ガ～ン……。金、ない。一銭もない。誰かに電話したい。金ない。電話できない（わたしケイタイ持ってません）。歩いて帰らなくちゃならない。歩けない。帰れない。風呂入れない。ここは新宿。ホームレス……。

様々な不安と恐怖が走馬灯のように私の脳裏を駆けめぐった。こんなちょっとしたきっかけで、まさか、自分がホームレスになってしまうかもしれないという危機に直面してしまうなんて……。

わたしはしばらく途方に暮れたまま、車のシートに体をうずめていたのだが、はっ、とあることに気がついた。

「そうよ、夫が新宿のホテルで仕事をしていたんだわっ。ラッキーラッキー」

電話電話、と思ったがお金がないのを思い出し、そのホテルまで徒歩で向かうことにしたのだった。

地上に出るとそこは、今まで見たこともない新宿だった。いつも車で通り過ぎるだけの界隈《かいわい》である。自分がどこに立っているのかさえ把握できなかった。高いビル、陸橋、公園。そのへんをウロウロして、やっと目標であるホテルを発見。しかし、発見できても、歩いてみるとかなりの距離である。

汗をかきかき歩く道すがら、本物のホームレスたちが、あっちにもこっちにも、まさにアートといったダンボールの小屋に悠然と横たわっていた。そんな光景を横目で眺めつつ、まだまだ気はぬけないわ、と歩調をはやめたのだった。

やっとの思いでホテルに着くと、夫は部屋にいなかった。ショーック！　と思ったが、ここでずっと待っていればいつかは帰ってくると信じ、フロントにメッセージを残してラウンジでお茶でも飲むことにした。

それにしても、無銭飲食とはかくも緊張するものか。

別に食い逃げしようとしているわけでなし、そんなにビクビクすることもないのだが、もしこのまま夫が姿を現さなかったら、ただのホームレスでなく無銭飲食の現行犯、犯罪者である。ひぇ～。といいながら、スコーンやフィンガーサンドウィッチてんこ盛りのアフタヌーンティーセットまで注文してしまったのだが。

フロントからのメッセージを受け取った夫は、なんでもマッサージ室でマッサージが始まったばかりだったらしいのだが、右のふくらはぎをマッサージしてもらっただけで、慌ててラウンジに下りてきてくれた。そこで無事にお金を頂戴して、アフタヌーンティーセット代も支払ってもらってめでたしめでたし、となったわけなのだが、その日は本当に様々なことを考えさせられた一日だった。

ひょんなことで、ヒトはホームレスになりうること。出掛ける前に財布を確認すること。

そして、財布を忘れても愉快なサザエさんや、財布がないのに気づいてもそのままドライブしてしまうオザケンは、人間的にとても大きな、素晴らしいヒトたちだということ。

オトサン

我が家にオトサンがやってきた。

こういう、いわゆる流行りモノについて書くのは、非常に危険なことである。この本が出版される頃には、

「オトサン？　あー、あったねーそういうの。まだそんなこと言ってんの？」

と大衆の皆さんに鼻であしらわれるかもしれない。それか、これから全然流行らなくて、

「何それ」

と、本当に、マジに、なんのリアクションも起きず、寒ーいまま、ページの上をサラーッと駆け抜けていくだけかもしれないこの話題。どうする？　どうするよ。または三年後くらいには、どの家庭でもオトサンなんて常識になっていて、

「なんだよ、まだ珍しがってんのかよー、ビンボーくさー」

と、ビンボー扱いされるかもしれない。でも、我が家にオトサンが初めて来たという事実を、記録として残しておくためだけの章でもいいじゃないか。そう、初めてキウイフルーツを食べた時のように。初めてボンカレーを食べた時のように……。

しかし、ヒトに聞いたところによると、今では五百人待ちとも言われているオトサンである。

どこでそんなに待っているのだろうか。そもそも、一体どこで売っているのだろうか。コンビニとも言われているし、薬局という説もある。そういう我が家はどうやって手に入れたかというと、夫が仕事仲間から極秘で入手したとのこと。そんな、ヤバイものじゃないんだから極秘でなくともいいんじゃないかと思うんだが。それとも、やはり入手困難なモノが故に、白昼堂々の物品引き渡しとなると、正当にオトサン待ちをしている方たちから非難の槍《やり》が降るとでも思ったのであろうか。たぶんね。

そうそう、ここで「オトサン」とは一体なんなのか、皆目見当のつかない方のために軽く説明しておこう。でも、こうやってあらためて説明なんかしちゃって、後になって、

「だから皆知ってるってば」

と肩をポンポン叩かれそうで恐いのだが、勇気を出して説明させていただこう。

オトサンとは、イタリア製の耳掃除グッズである。……知ってますよね。……はい。こう、筒を耳に差してボッと火をつけて、しばらく待つと、それはそれはたまげるほどの耳垢が取れるという、耳掃除が大好きな方々には垂涎《すいぜん》モノの逸品である。知ってた？ねえ、知ってた？

そのようなものがあるということは巷《ちまた》の雰囲気で知ってはいたが、わたし自身は風呂上がりに綿棒でチロチロ掃除するくらいなもんで、別に死ぬほど耳掃除が好きなわけでもなく、たいした関心はなかったのだが、耳掃除に特別な思いを寄せる夫は、オトサンの存在が以前からかなり気になっていたようだ。だから、思いがけないオトサンの入手を何よりも喜んだのは他ならぬ夫であった。

実際に手にして最初に思った感想は、「なんでこれは〝オトサン〟なんだろう」ということだった。〝オト〟とは書いてあるが、〝サン〟とはどこにも書かれていない。そこに書かれていた文字は〝OTO ASPIR〟である。イタリア語は全然わからないがASPIRとはなんぞや。そして〝サン〟もイタリア語なのだろうか。それとも山田サンとか鈴木サンとかの〝サン〟で、それをつけると日本らしくなるってんで、日本の消費者をターゲットに、後からつけられた日本仕様の名前なのか。ということは、オトサンとはすでにニックネーム？

そして、そのオトサンは想像していたものよりも、立派なモノだった。なんかシワシワのビニール袋に無造作に入っていそうなモノ（花火みたいに）だと思っていたのだが、実際のそれは、しっかりした箱に入っていた。二個入り。耳は二つだからね。全長は十二、三センチといったところか。白い筒。触った感じは何か蠟燭《ろうそく》のようだ。そして、センターがくりぬいてある、丸い厚紙が一緒に箱に入っていた。説明書を読むと、それはどうやら〝炎止め〟らしい。炎？　わたしの中では〝火〟であったのに、説明書には〝炎〟……。なるほど説明書に描かれた「オトサンをやるヒトの図」を見ると、かなりの炎があがっている。……大丈夫なのだろうか、こんなに燃えちゃって。

ものは試しということで、二本をふたりで分けることにした。なんか、おっかないので、はじめは夫にやらせて、様子をみることにした。夫は知り合いがオトサンをデモンストレーションするのをすでに見ていたので、勝手知ったる、という感じで少し得意げであった。しかし、説明書にも書いてあるが、スキューバダイビングのように必ずふたり以上で使用しなくてはいけないらしいので、わたしも助手として参加することになった。なるほど、オトサンに炎止めをはめて、耳に差し込んでから火をつけなくてはならないということなので、これはひとりでは非常に危険である。間違えると髪が燃える。

横になり、オトサンを耳に差し込み、ライターで火をつけた。

ボボッ!!

想像以上の燃えようである。耳のすぐそばで、もう、ボーボー燃えている。炎の高さ八センチといったところか。あんまりボーボー燃えているので、これは失敗か何かと思い、

「ちょっと、スゴイ燃えてるよ。スゴイよ。いいの？　こういうんでいいの？　え、いいのかっ？　えっ？」

と慌てて質問すると、

「五分燃やすんだよ」

と悠長なもんである。しかし、火をつけてからたったの三十秒でこんなに激しく燃え盛っているというのに、五分も燃やしていたら耳の中まで燃えてしまうではないか。

「いいの？　これでいいの？　ほら、これでいいのかっ？　えっ？」

わたしは、あんまりおっかないので慌てて手鏡を持ってきて、耳から火を噴いたまま

寝そべっている夫におのれの姿を見せてやった。

「ああ、いいのいいの」

ほんとか？　わたしとしては、激しく燃え盛る炎をじっと黙って見ているのはどうも耐え難い。耳が燃える。一刻も早く消火したい。しかし、そんな熱いディザイアーを胸に抱いたまま、爆弾につながった導火線をたどる炎を見守るように、そこにたたずむしか術《すべ》のないわたしであった。

それでもやっぱり、燃えすぎなのよそれ。「炎止めより五、六センチのところまで燃えたら、用意したコップの水で火を消してください」とあるが、三分も経たないうちにすでに炎止めにかなり近いところまで来ているではないか。夫の耳は空気の通りがいいのか、かなり火勢がいいようだ。

「これ、ほんとにヤバイよ。燃えるよ、耳。燃える燃える」

鏡を持ったままワイワイとそばでうるさいもんだから、じっくりオトサンしたかった夫もうんざりした様子で、

「えー、そうお……？」

と、やっと炎を消す気になってくれたようである。いや、これ本当に危ないところだ

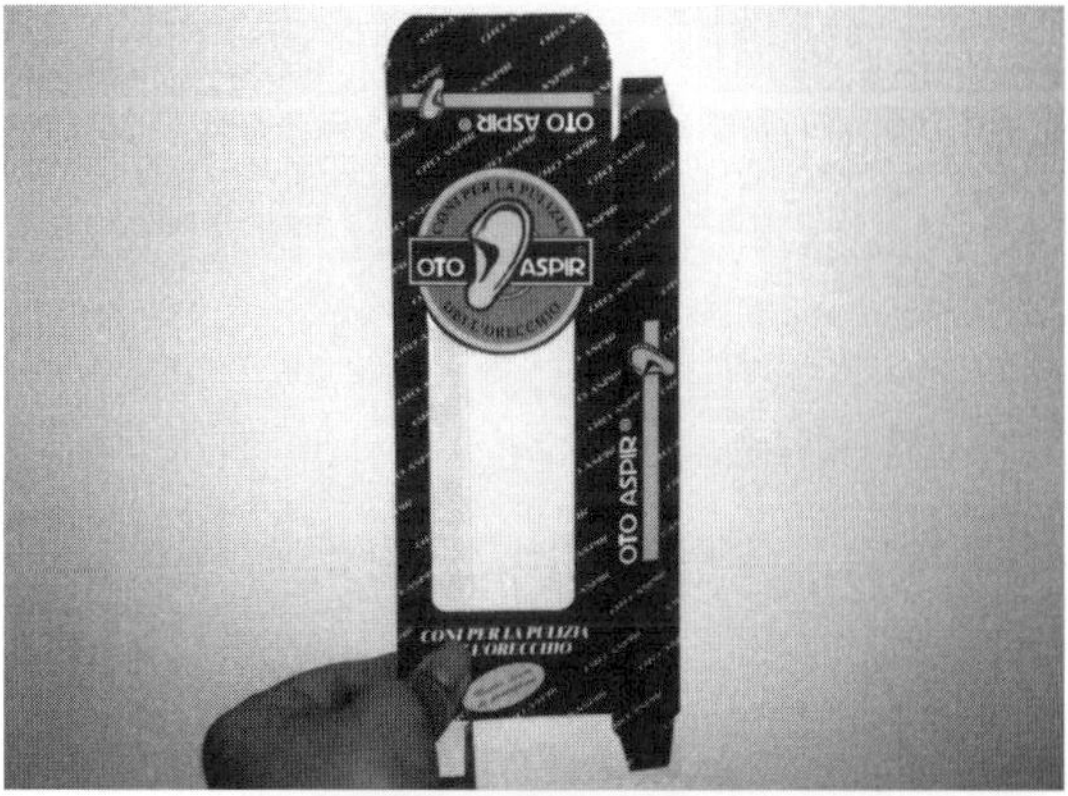

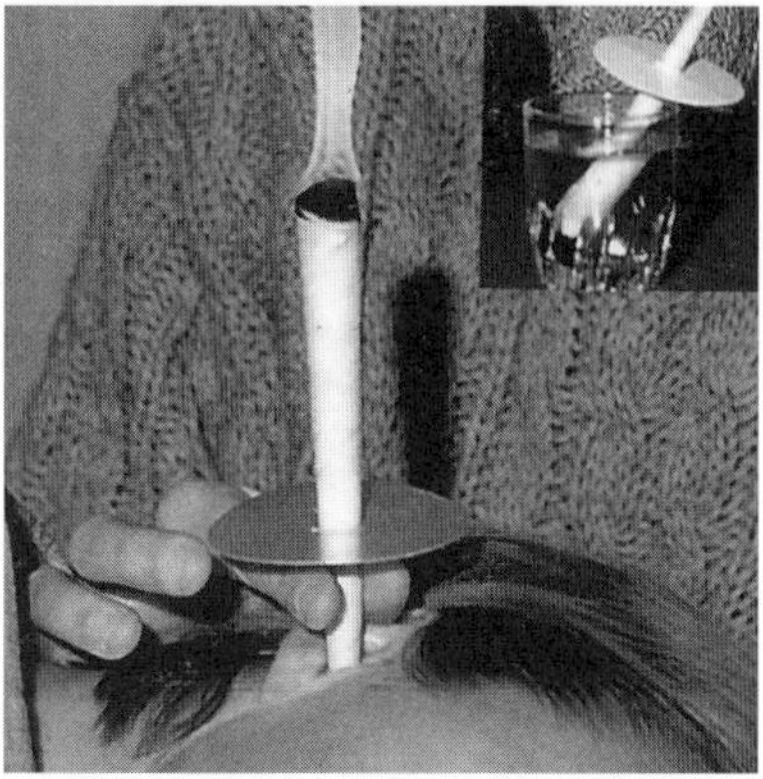

(上)幻のパッケージ(なんで中身撮っておかなかったんだ……)
(下)燃えるの図

った。

さあ、いよいよ消火である。しかし、こんなに激しく燃えているものをどうやってコップの水で消せというのだろうか。わたしは焦っていたので、コップの水で手を濡らし、それで、ガッと炎を掴むのかと思ってビビっていたら、なんのことはない、オトサンを耳からはずしてそれをコップの中にジュッと浸けるということらしかった。こんな炎ひとつでわけのわからない小パニックに陥るくらいだから、本当にどこかから出火したら、相当なパニックになるのではないか心配である。

それにしたって、相当おっかないよオトサン。あんなに燃えちゃあなー。どう考えてもあれはアウトドアのレクリエーションに匹敵する炎だと思うんだが。いっそのこと、「キャンプといえばオトサン」というくらいにアウトドア評論家の誰かに宣伝してもらって、キャンプファイヤーと共にオトサンファイヤーが、陽の沈んだキャンプ場のあちらこちらで、ボッ、ボッと趣のある炎の灯りを揺らすくらいの、そんな開放的な使い方はどうだろうか。ダメかね。ダメだね。

さて、気になる耳垢の収穫結果である。

ジュッと浸けたコップから、シュワーッと消火の白い煙があがった。そしてその水に浸かっていない先端、要するに耳に差し込んであった部分には、どうやら、宿便のごとき耳垢がみっちり詰まっている様子……。ギョエギョエ。水からあげたビジョビジョのオトサンは、焼け焦げてもいるし、どうにも無残である。そしてそれを更に広げるらしい。筒状だったものを平面にして、わざわざどれくらい採れたか確認するのだ。そこまでしろとは説明書に何も書かれてはいないがね。毛穴パックだって、いちいちどれくらい詰まっていたか確認する必要は何もないが、確認せずにはいられないというのが人間の悲しい性《さが》である。

ビジョビジョ焦げ焦げのオトサンを新聞の上で広げると、なんと説明すればいいだろうか、カサカサの耳垢を蠟で練った感じ、そんなモノがかなりの面積にわたってみっちりとへばりついていた。

「うえー、ちったねー」

思わずわたしは身を引いたが、それでも夫は自分の耳垢を見て、かなり御満悦のようであった。

さあ、次はわたしの番である。

あんなに激しい炎が今度はわたしの耳に！　と思うとちょっと恐怖に脅えたが、夫を信じて、危険を感じた時には直ちに消火するようお願いして、オトサンに点火してもらった。

　点火と共に耳の奥でチリチリと不気味な音がした。そして、やっぱり、熱い。熱いよーオトサン。きっとわたしが見たのと同じくらいの炎が耳から噴き出ているに違いない。火傷をするたぐいの熱さとは違うが、熱気というか、そういう熱い何かが顔のまわりに充満している感じだ。いや、違う。これはオトサンを持っている手が熱いんだね。たき火とおんなじ炎の熱さだね。いや、やっぱり顔も熱い。耳の中は全然熱くない。ときおりチリチリと音がするだけである。オトサンが短くなるのに比例して顔も手も更に熱くなる。明らかに炎が顔のそばに近づいている。たすけてー。たすけてー。

「も、もう、いいんじゃないの？」

「まだ二分」

　夫は時計できっちり五分計ろうとしている。たすけてー。たすけてー。

　耳から炎をあげたままギャーギャーうるさいわたしに辟易《へきえき》したのか、正確な時間までまだかなりあったが、オトサン消火の許可が出た。

　これまたジューッと白い煙をあげて、無事にオトサン終了。そして開いてみると……、

「ギョエーッ、ち、ち、ちったねー」

チャンピオンマダム小林！　なるほどこういうコンペティティブな楽しみかたもあるな、とその時オトサンの新たな可能性を発見したのであった……。

大体、こんな話題でこんなに書く必要は何もないのである。

そう、これは我が家のオトサンの記録。それだけのことだ。長々とすんません。

さて、オトサンは、これが本になった時、どのくらいの市民権を得ているであろうか。恐いような楽しみなような、複雑な心境である。できればちょっとは流行ってほしいよなー。かすりもしなかったら、凄く悲しい。よろしくお願いします。

あ、それと、エステでオトサンコースというのはどうだろうか。お顔のパックと共に耳の中からきれいになります。……すんません。もう終わりにします……。

×　×　×

――この章は九七年春に書いたものである。

そして、わたしの心配していたとおり、オトサンは跡形もなく日本を駆け抜けていった。それも『オトサンは危険』というワイドショウの特集を組まれたのを最後に……。

なんでもオトサンで耳の中に火傷をしたヒトが続出だったらしい。やっぱりね。あれは燃えすぎだもんな絶対。そしてあんなにヒトを喜ばしておいて、耳垢だと思っていたのはただの蠟だったということも判明。

一体なんだったんだ、オトサン旋風。

そして、それにまんまと躍らされたわたしら夫婦って……。

でも、やっぱりこれはオトサンの貴重な記録になったことには違いない。

さらば幻のオトサン。アンタ今ごろ何処《どこ》にいる……？

汚《きたな》い話《はなし》

汚い話をひとつ。

それは御免だ、という方はこの章をとばして、続きをどうぞお楽しみください。

ある朝、夫の部屋に入りきらなくなって仕方なく廊下に追い出された、仕事の資料が入ったダンボール箱の中に、ウンコを発見した。それも乾燥しかけたヤツ。

犯人はわたし以外のものだ……。

我が家には人間ふたりに猫二匹。容疑は必然的にわたし以外の三者にかけられる。

モノに対面させてその反応で犯人を割り出すのが一番確実だと思い、さっそく夫を現場に連行した。

「うわっ、ちょっと、何これっ。誰？　オシマンベ？」

そのリアクションを見ると、どうやら夫ではないようである。考えてみれば自分の仕事の資料に自らあんな侮蔑《ぶべつ》をほどこすということは、相当キテル状態である。末期状態。夫の口からオシマンベという言葉が出たのはもっともである。オシマンベは二匹のうちの一匹で、そういう容疑をかけられても仕方のない習性を持っていた。その習性とは、ゆるめのウンコをした時、尻切れの悪いそれを拭うように、ベッドカバーやバスマットなど布製品に自分の尻をスリスリしながら移動していくのである。茶道でお茶を取りに行く時に腕だけを使って前進する動作、あれとよく似ている。そんなマヌケな習性こそあれ、今まで我が家では一度もトイレ以外の場所に排泄することなどなかったのに（ヒトんちに預けた時はなんかいろいろやっているみたいですが……スンマセン）、これは一体どうしたことか。

オシマンベの首根っこを摑み、

「おい、おまえだな。おら、おまえがやったんだろ、えっ？」

とダンボール箱の中に顔を突っ込ませてグリグリやると、「ンガッ、は、放せ、放さんかい」ともがいて、ターッとあっちのほうに逃げ去ってしまった。

一方、もう一匹のぐでーんとした愚鈍なおとっつぁんにも一応現場検証に立ち合ってもらったが、鼻をヒクヒクさせて「おー、ウンコねー、どれどれ」と興味のあるところをアピールするばかりで、もがき逃げるような態度は示さなかった。

「やっぱりオシマンべだね」

「そうだね。あれバツが悪いから逃げたんだよね」

ということになったが、こういうのは現場を押さえないと叱っても効果がないそうなので、今回の件は人間の泣き寝入りということになってしまったのであった。それにしてもどうすんの、その仕事の資料……。

しかし恐ろしいことに、その後も謎の脱糞事件が立て続けに起こったのである。

ある日、温泉旅行で一晩家を空けて帰ってくると、玄関のドアを開けたとたんもの凄いウンコ臭である。見ると、玄関をあがってすぐの真っ正面に、ウンコ。

「んぐっ、こ、これはまたしても……！」

「オシマンべ！」

たった一晩家を空けただけで、犬のような怒りウンコで応戦するのは、明らかに知恵の働くオシマンべだ。現場検証ではやはりオシマンべは逃げ出し、おとっつぁんは余裕でウンコのまわりをウロウロしていた。しかし今回もまた現場を押さえることはできな

容疑者・1(シュレッダーをするオシマンベ)

容疑者・2(古新聞から出てくるおとっつぁん)

かった……。

　それからも、リビングにあった紙袋の中から発見されたり、タワーレコードの袋から発見されたりして我々の度肝《どぎも》を抜いた。夫の部屋にあったスポーツバッグの横ポケットから乾燥したものが発見された時にはさすがに背筋がゾッとした。なんか、袋モノの中にするのがお気に入りのようだ。それにしても、ああいうモノをまさかの場所に発見するのはかなりいやなもんですね。ゴミだと思って捨てようとするとウンコ発見。どうせ捨てるものだけれど、なんか……違う気がするよなあ……。

　そうしていよいよウンコノイローゼである。わたしの頭の中はウンコでいっぱいだ(やだなこのフレーズも)。いつもそのへんに紙袋などをほったらかしにしている夫には、厳しく、それらを直ちに処分するかきちんとしまうよう命じ、オシマンベが怪しい動きをしている時は後を追って行動を監視するようになった。どこからともなく聞こえてくるゴソゴソという物音に敏感に反応し、駆けつけると、風に新聞がたなびいていたり、夫が本の山から何かを探したりしていた。

　そしてまたある夜……。

今まさに部屋の電気を消して、睡眠に入るところであった。

ゴソゴソ……ゴソゴソ……。

暗闇の中からまたしても不審な音である。ウンコだ。ウンコだウンコだウンコだ。ガバッと起き上がると、ヤツに気づかれないように、そーっとその不審な音のするほうへ接近した。現行犯だ。いよいよ現行犯だ。

その音はどうやら夫の部屋から聞こえてきていた。ドアが少し開いている。その隙間から電気のスイッチに手を伸ばした。

「観念しやがれ、ウンコ猫めー！」

パチッ。

部屋の電気がついて明るくなると、夫の革の旅行鞄にまたがって、今、まさにウンコの真っ最中である。しかしその後ろ姿は……。

「お……おとっつぁん……！」

なんとそこでプルプルと不安定な体勢でウンコをしていたのは、今まで一連の事件と無関係を装っていた、ぼーっとしたおとっつぁんだったのである。

「あ、あ、あ、あんた……」

おとっつぁんは、急に部屋が明るくなり、そのうえわたしに声をかけられて、中途半端な体勢のまま、バツが悪そうに背中越しにちらっとこちらを振り返った。

ショックだった。まさか、何も考えていないようなおとっつぁんが、こんな奇異な行動を起こすとは。普段おっとりしていたずらもせず、おとなしい猫が、何を思って突然こんなことをやるようになってしまったのか。それとも本当に何も考えられないバカ猫になってしまったのだろうか。真犯人を発見したことよりも、おとっつぁんのこんな間抜けな姿を目撃してしまったことのほうがショックであった。なんか親の夜の営みを目撃してしまったような……。

しかし、ここでこの事実に圧倒されてしまっているだけでは、今までわたしを悩ませ続けていたウンコノイローゼから解放されることはできない。ショックから自分を引き戻し、間抜けな体勢のおとっつぁんを叱咤《しった》した。

「バカ猫、ウンコ猫、そこは違うだろっ」

しかしまさに真っ最中なもんだから、抱きあげたらぶら下がってついてくるし、かといってほうっておいたら夫の鞄はウンコまみれだし、一体どうしたらいいのか迷った。が、一応終わるまで待った。そして鞄は二度と使用不可能となった。

遅れてやってきた夫もおとっつぁんの姿を目撃して、言葉を失っていた。そして鞄の

(上)箱詰めにされる容疑者たち
(下)問題のブツ。カエルもビックリ(デジカメにて撮影)

状態を見て、さらに固まっていた。鞄の中にはなぜか、というかやはり、夫の仕事の資料が山ほど詰まっていたのである。

さすがに真犯人が見つかってからは、張り込みの甲斐あって、新たなウンコ事件は勃発していない。わたしのウンコノイローゼもひとまず治まったが、まだまだ油断ならない。しかし一番それを痛感しているのは、膨大な資料をウンコまみれにされた夫かもしれない。

いろんなものがほうり込まれている巨大な紙袋のような夫の部屋で、今日もおとっつぁんとオシマンベが、何やら面白そうなものを見つけてゴソゴソ遊んでいる音が聞こえる。コ、コワイ……。

趣味《しゅみ》の園芸《えんげい》

　ガーデニングガーデニングと、世の中に園芸ブームが巻き起こって幾年月が経つであろう。

　そういうわたしも、二つ三つの鉢植えの、シオレ加減やびんびん状態に一喜一憂する小ガーデナー（小市民をもじってみました）のひとりである。いや、庭でやっていないヒトのことは、〃ベランダー〃と言うのだそうだから、小ベランダーである。なんかスケール小さくて悲しい。

　園芸をやったことのないヒトにはわからない感情だと思うのだが、この、死にそうにシオシオの鉢植えに水をやって、それがムキムキに立ち直るさまを見るのは、なんとも言えない快感のひとつである。また、カラカラに乾いていて、どう見てもこりゃもう死んでるわ、と思う鉢が冬を越して、春を感じはじめる頃、ポチッと青い若葉が顔を出し、

そうこうしているうちにどんどん葉を広げ、コロンとした蕾《つぼみ》をつけているのを発見した日には、

「うぉーう！　生命って！　生命の力って！　なんて素晴らしいんでしょう！　うぉぁぁあああ！」

と大空に向かって叫びたくなる。そう、趣味の園芸の魅力とは、そんな小さな喜びのなかに、果てしない幸せを感じることができることだろう。

生命の力。まさにそれは小宇宙。コスモスね。

しかしだね、ここで、ちょっと水を差させてもらえばだね、やはり、「きれいな花には棘《とげ》がある」とは本当によく言ったもので、きれいなだけではすまされないのが、やる気満々のガーデナーならびにベランダーの厳しいところである。

あなたは耐えられるか。思いがけない虫たちの出現に。

園芸には虫がセットでついてくる。いや、これはマジで。虫の名前なんて憶えるのもいやだから、どんなもんか聞かれると困るのだが、規模の小さいベランダーのわたしでさえも、数々の虫たちに遭遇して、幾度となく度肝を抜かれた。あれは本当に、予告もせずに突然現れる。

「なんか葉っぱの茂り具合がいつもと違うよなー」

などと、いっちょ前にその道のモノのように唸りながら、それでもなんかきっと新しい葉っぱと生え変わるのだろう、と気を持ち直して水をジョージョーあげていると、今まで全体像として捕らえていたひとつの鉢が、ある一枝に突然クローズアップされるのである。そしてそこに蠢《うごめ》いているのは……夥《おびただ》しい数の虫！　緑色のツブツブがあっち行ったりこっち行ったりして茎にウェーブがたっている。

「ひぇー！　アブ、アブ、アブ、アブラムシー！」

そのさまは相当気持ち悪い。ゾゾッとする。もうそうなると、植物のことを考えてなるべく殺虫剤は使わない、などというエコなことなど言っていられない。虫といえば、誰もがそのテーマ曲を知っているという、伝説の逸品『カダン』のおでましだ。もう、アブラムシめがけてシューシュースプレーしてやる。すると、アブラムシの野郎も、最後までこれ見よがしの応酬だ。そのままの体勢で死んでくれるのだ。茎にしがみついたまま。死んだなら時代劇の斬られ役のようにとっととどこかへはけてほしいものを、

「おまえが殺《や》ったんやなー」

と言わんばかりの、無言のアピールである。ものすご腹立つ。

しかし、アブラムシ程度のこまものでいちいち腹を立てていては、これからさらにエスカレートする虫談話の収拾がつかない。

アブラムシとくれば、次にくるのは芋虫系の皆さんである。

成虫になったら何になるのか知ったこっちゃないが、なんだあれは、青虫の小さいやつ。そして、本当に小さいので、発見するのはいつも突然だ。

そのミニミニ青虫を発見したのは、植木鉢のまわりに黒くて細かいツブツブが散らばっているのを確認してからすぐであった。はじめは鉢の土がこぼれているのかと思ったのだが、葉っぱを見ると、明らかに齧《かじ》られてギザギザになっている。これはおかしい、と思いながらそのギザギザのあたりにググーンとクローズアップすると、葉っぱに隠れるようにちまちまと蠢いているミニミニ青虫を発見。よく見るとあっちにも。これまたあっちにも。黒いツブツブは葉っぱのカスなのか、やつらの糞なのか？

「ギエーッ。せっかくきれいに咲いたミニバラを！　さあ、『カダン』のお見舞いよ！」

すると、アブラムシより少しだけ生き物らしい形をした芋虫は『カダン』攻撃に身悶《みもだ》えてうねうね苦しがっている様子。その姿は相当気持ち悪かったが、

科学の力をお見舞いだ

「ふぉふぉふぉ、思い知ったか悪党めー」

と成敗の血がふつふつと熱く滾《たぎ》り、静かな喜びに全身が包まれるのを感じずにはいられないわたしであった。ダメかね。自然保護団体からクレーム出るかね。

中でも一番度肝を抜かれたのは、椿の葉っぱの裏にひそんでいるやつらを発見した時だ。これはもう、ホントに、身動き取れなくなるほどの気持ち悪さであった。

いつものように椿の根元に水をやり、かがんだまま、ああ、今日もいい天気だなあ、と空を仰ぐと、ひとつの葉っぱだけが風もないのにひらひらと揺れていた。いやな予感がした。

「……な、な、なんじゃありゃ……」

恐る恐る立ち上がり、その葉っぱのほうへ顔を近づけようと伸びをした瞬間である。

「ひょ、ひょ、ひょげぇー!!」

見えました見えました、はっきり見えました。ひらひらと葉っぱを揺らしていたのは白い産毛のようなもので全身を覆った小さな毛虫であった。

「なんだよ、小さな毛虫くらいで。臆病ものめ」

とわたしを責めないでほしい。小さな毛虫ったって、その毛虫、一匹や二匹といったチビた単位ではなく、一枚の葉っぱの裏に、ビッチリと大集合した大群だったのであるからして。そしてウェーブ。よく見ると（見たくなかったが）、他にも毛虫ビッチリの葉っぱがいくつかある。全身の血が一旦ゾゾーッとひいて、それから体の中であっち行ったりこっち行ったりして一定の方向に流れていないような気分の悪さだ。倒れそうになったが、なんとか気をとりなおして、いつもの『カダン』を取り出した。すると、なんと驚いたことに、手にした『カダン』には、わたしが今まさに見たのと同じ情景のクローズアップの写真がラベルとして使われていたのである。うえーっ。しかし、まさにこの毛虫たちを殺れと言わんばかりのラベルではないか。ラベルにまで毛虫の群集で気分悪かったが、なんとなく励まされるような気持ちでギュッと『カダン』を握り締めた。それでも、いざ毛虫の群集の蠢くのを目の当たりにすると、いささか腰がひけた。一匹一匹は小さくても、群集になれば信じられないパワーを発揮するのは、ヒトも毛虫も一緒かもしれない、などと、妙なデモクラシー的発想が頭をよぎった。

「こっちに身投げ覚悟で飛んでくるかもしれない。みんなでへんな液を発射するかもしれない。たじげでぐれー。気持ち悪いからこのまま放っておくか。いや、学校で教わったじゃないか。毛虫は、いずれさなぎになり、蛾になるんだよ。蛾も気持ち悪いけど、その前のさなぎはどうよ。さなぎになるということは、放っておくと、葉っぱの裏にみっちりとさなぎの大群ができるわけだ。げーっ。勘弁してくれー」

頭の中で様々なイメージが浮かんでは消え、そしてまた浮かんでは消えた。とにかく今だ。今やるしかないのだ。

いつでもすぐに走って逃げられるように、ガッチリとサンダルを奥まではいて、半身は逃げる方向にむけた。そして、それぞれの葉っぱを一発でしとめられるように、狙いを定めた。自分を奮い立たせてはいたが、思いっきり腰がひけてかなりみっともない格好になっているのがよくわかる。こんなところをヤクルトおばさんの山口さんにみつかったらかなり恥ずかしい。もうすぐおばさんがやってくる時間だ。それまでになんとかしなくては。

神経を集中させ、白く蠢いている葉っぱめがけて、震える指で『カダン』のスプレーボタンを思いっきり押した。

「えー――――い、どーだどーだどーだどーだ！」

かなりたっぷりスプレーを発射し、後ろも振り返らずに、安全と思われるあたりまでダーッと走って避難した。といってもベランダ内の話だからたいした距離ではないが。

そして恐る恐る振り返ると……。

タラーン、タラーン、ピローン、ピローン
「うげっ、うげげ」

何がタラーンだのピローンだのって、毛虫の大群が一斉に身悶え、そして、力尽きてタラーン、ピローンと糸を引きながら次々と地面に落ちていくところなのだ。ポタポタ、ポタポタ。

もう最悪の気持ち悪さだ。そんなみんなで枝にぶら下がって、七夕じゃないんだからさ。殺った手応えのないアブラムシもどうかと思うが、これほどまでにこれ見よがしの死にざまもどうかと思う。地面に落ちた毛虫も残りの力を振り絞って身悶えている。そしてあっという間に、地面はポタポタ落ちた毛虫でいっぱいになった。相当気持ち悪いものに強いわたしも、さすがにこの光景には吐き気がした。

「どーすんの、この死骸。あたしが掃除するの？　このまま放っておけば肥やしにならないか？　ならんよね」

葉っぱを毛虫から守ったまではよかったが、今度はその死骸の処分に頭を抱えるわたしであった。結局、ジャバジャバ水をかけて、自分の手を汚さずに土の中に埋めてやったのだが……思い出しただけでも、身の毛のよだつ経験であった。

巨大蜂に襲われそうになったこともあるし、空の鉢を持ち上げたらゴキブリが出てきたこともある。雨上がりに落ち葉を掃除しようとほうきを持てば、ほうきの毛の中からトカゲが猛ダッシュで逃げ出したりする。そして蟬さえも、バタバタジリジリと不気味な音をたてながら、最期の地にわざわざうちのベランダを選んだりするのだ。ほんと迷惑。

あたしゃガーデナーを尊敬するね。面積の広いぶん、虫の数だって多いはず。土を掘れば新たな虫だって出現するはずだ。それを思ったら、スケールが小さくても、小ベランダーで充分だ。そうだそうだ、小ベランダーのどこが悪い。

しかし、将来的には、もう少し虫にも慣れて、せめて「小」がとれるほどのベランダーになってやろうと思う。今に見ていろ（虫に言ってる）。

函館《はこだて》の女《ひと》

はるばる来たのは函館。映画のロケーションだ。

函館入りした時は、赤や黄色の葉をつけた木々が町のあちらこちらを彩っていたが、スケジュールが進むうち、紅葉の季節も終わりをつげ、空っ風が吹き抜ける町は、もうすっかり冬仕度万全といった感じで、道ゆくヒトたちもコートを着て足早である。

その日、わたしはひょっこり撮影がお休みになり、お天気も悪くはなかったので、ちょっと電車にでも乗って、観光してみることにした。

行き先は、『新日本三景』のひとつと謳《うた》われている、大沼公園である。知ってたか？大沼公園。

ホテルの近くから市電に乗り、ＪＲ函館駅前で下車。それから三時間に一本しか出ていない札幌行きの特急に乗った。函館を出てひとつめに大沼公園という駅があり、所要時間は二十分ちょっとの小旅行だ。

馴染《なじ》みのない町から電車に乗ってお出掛けをするのは、普通のお出掛けよりもワクワク度が増すものだ。それも、でっかいどう北海道である（古い……）。

その仕組みもよくわからないまま飛び乗った電車は、東京のＪＲのように横座りなもんだとばっかり思っていたらば、席が前向きに二列ずつダーッと並んでいる立派な列車であった。それもほとんどが指定席である。普通券と特急券しか買わなかったわたしは、車掌さんが検札に来た時に指定料金を払えばいいや、と空いていた座席に腰掛けた。

すると、わたしが腰掛けたのを見計らったかのように、すぐにその席の正規なお客さんであるお嬢さんが来てしまった。わたしは席を譲らなければならなくなった。それにしても、こういうタイミングは、本当にバツが悪くて悲しい。

「ヒトの席にしゃあしゃあと座っているなんて、図々しくて、卑しくて、貧乏たらしくて、最低の人間よね、アンタって」

という声がどこからともなく聞こえてくる気がして、もう、走っている窓からでも飛び降りたい気分である。それほどでもないか。それにまだ電車は走っていない。

「あ、すいません……」

いきなり惨めのズンドコに落とされたわたしは、オドオドと中腰で席を譲り、オドオドと中腰で新しい席を探して座った。ああ、惨め。早く来てくれ車掌さん。後ろの自動ドアが、グワーンと開くたびに、

「この席の主が来たかオイ」

と肝が冷えた。電車が発車してからも、その車両は出入りが激しく、自動ドアはグワングワン開いたり閉まったりした。辛抱たまらん。もうこんな精神状態は耐えられないわ、と席を立とうとした時、市街を抜けてパーッと視界がひらけた。そこには平野が果てしなく広がり、その向こうにはなだらかな山々が続いていた。雲の合間から光が差し込んで、まさに絶景であった。あまりにいい景色なので、オドオドしていたわたしにも勇気が湧いてきた。

「そうよ、座席ひとつでこんなに脅えることはないんだわ。この雄大な景色をご覧なさいなっ」

自分の都合のいいように勇気づけられた体《てい》ではあったけれど、それで気が静まると、自動ドアもおとなしくなった。車窓はどんどん山深くなり、トンネルも抜けると、そこに湖がひらけた。湖のすぐ脇に線路が敷かれているらしく、まるで湖の上を走っている

ようだ。その湖の向こうには、ちょうどいい具合にホイップした生クリームから、泡立て器をシュッと抜いたような形の駒ケ岳が見えた。

あまりの絶景に調子づいたわたしは、金も払っていない指定席をリクライニングして、車内販売に来たおねえさんからコーヒーまで買って、悠々としたもんである。そうこうしているうちに、

「まもなくー、大沼公園、大沼公園」

というアナウンス。

「え？　もう？　え？　いいの？　タダ？　タダ乗り？」

なんのことはない。タダ乗りしちまった。ラッキー。

大沼公園の駅は観光地といえどもかなり地味というか、素朴であった。それでも、構内から一歩足を踏み出せば、怪しい貸し自転車屋の呼び込みの兄ちゃんが手をこまねき、なんとかポテトだのなんとか牧場ソフトクリームだの、北海道であることを最大限にアピールした、ありがちなジャンキースタンドのお店が軒を連ねていた。公園までの道をさらに進めば、何を考えてんだか、クマとキツネの剝製に相撲をとらせて店先の路上にディスプレイして毛皮を売っている店まであった。オソロシイ……。ありがちだがね。

しかし、こんな国定公園でミンクやキツネの毛皮を買うヒトがいるのだろうか。いるんだよね、きっと。

平日ということもあってか、公園はヒトもまばらであった。少しだけ函館市内よりも高い位置にあるせいか、落葉もかなり進んでいて、水面に映える色とりどりの風景を期待していたわたしは少しがっかりした。とはいっても、さすが新日本三景。大沼を縁取る木々が穏やかな水面に鏡のように映し出され、その向こうにはこれまたなだらかな生クリーム駒ケ岳。

山の斜面は、かなり傾いた西日に照らされて、まさに絵葉書のような美しさであった。遊覧船にでも乗ろうと思って乗り場に行ったら、

「人数が集まったら放送しますので、それまでお待ちいただきます」

と窓口のお姉さんにキッパリ言われたので、しばらく散歩でもしながら、待つことにした。

大沼のまわりを「ええのー、ええのー」と歩いていたが、十一月の北海道はかなりシバレる。そのうち鼻の頭が赤くなってきて、ズルズルと鼻水まで垂れてきた。もう三十分近く散歩していたが、一向に放送がない。窓口に戻ってみると、遊覧船に乗ろうとし

ているヒトたちの姿はどこにも見えなかった。みんな、しけてるなあ……。

相当寒くなってきたので、ぼちぼち帰ることにした。

そして、ここからが、この話の始まりなのである。

いやあ、前置きが長くて申し訳ない。

帰りの電車は、来た時に時刻表で確認していて、四時二十三分発であることがわかっていた。まだ小一時間あったし、小腹もすいたので、駅前のジャンキー食堂に入ることにした。

メニューには、まさしくありがちなおでんに始まって、ラーメン、たこ焼き、そして北海道のお約束であるじゃがいも団子（何これ）に、牧場ソフトクリームなどがあった。

「今の時期はやっぱり、イカめしだわねえ」

わたし以外客が誰もいない、その食堂のおばちゃんは、ニヤニヤしてそう言った。

「そうですか、じゃあイカめしを」

「はい。イカめしね」

おばちゃんはニヤニヤしたまま後ずさりして厨房のほうに消えていった。すると、今度は違うおばちゃんが、ニヤニヤしながらお茶を持ってきた。

「はい、どうぞ」

そのおばちゃんはニヤニヤしながら、小走りして消えていった。厨房のほうで「そうよそうよ」「やっぱりそうでしょ」「どれどれ。あらホントだ」などという話し声がする。わたしは、「ああ、きっと、わたしがテレビに出ているヒトだと、みんなで噂しているんだな」と思ったが、観光地ではありがちなことだし、他に客はいないし、別にどうってことないわ、と、お茶を啜《すす》った。

すると、今度もまた違ったおばちゃんがイカめしを持って参上。厨房のドアの隙間からは何人ものおばちゃんが片目でわたしのことを窺《うかが》っているのがバレバレだった。

「はーい。いただきまーす」

箸をつけたそのイカめしは、別に期待はしていなかったとはいえ、明らかに、ビニール袋に入ってお土産に売られているイカめしに違いなかった。だって、足が真空パックで押しつぶされて、ひん曲がったままの形に固まっていたものさ。

そのイカめしをぼそぼそと食べていると、外から勢いよく大きなおじさんが入ってきた。どうやらこの店の従業員のようだった。おばさんたちは、早速、そのクマ五郎のようなおじさんを店の隅に引っ張っていくと、ひそひそと状況を説明しているようだ。な

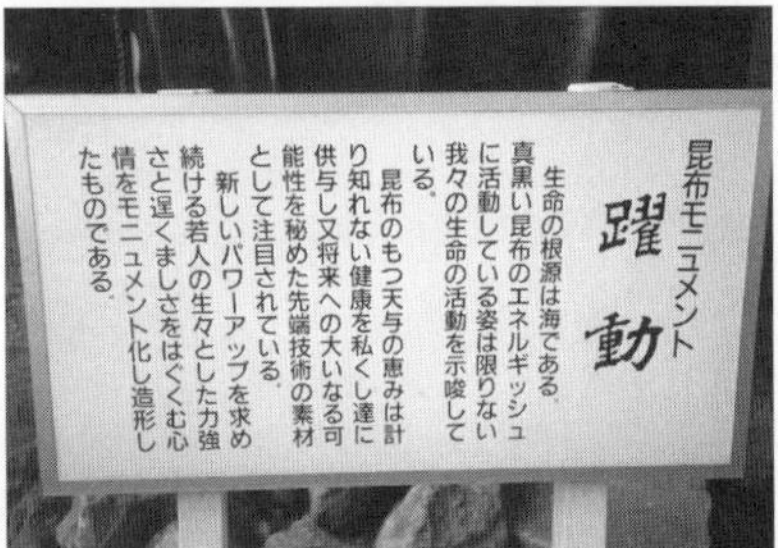
昆布モニュメント
躍動
生命の根源は海である。
真黒い昆布のエネルギッシュ
に活動している姿は限りない
我々の生命の活動を示唆して
いる。
昆布のもつ天与の恵みは計
り知れない健康を私くし達に
供与し又将来への大いなる可
能性を秘めた先端技術の素材
として注目されている。
新しいパワーアップを求め
続ける若人の生々とした力強
さと逞くましさをはぐくむ心
情をモニュメント化し造形し
たものである。

函館で見かけた不思議なもの①
巨大昆布モニュメント。7メートルくらい

函館で見かけた不思議なもの②
二本足で散歩する犬(ホントホント)

んか落ち着かない雰囲気ではあったが、わたしは他にすることもないので、イカめしを黙々と食べ続けた。そして、わたしがイカめしを食べ終わるのを見計らったように、クマ五郎がわたしのテーブルにやってきた。

「あの、えっと、あれでしょ？　あの、テレビ、観てます。これ、サインもらえます？」

どこから持ってきたのか、クマ五郎はわたしに色紙を差し出した。

「あ、はい。あのー、お店に飾らないでくださいね」

もともとサインするのは苦手である。字が下手なのと、わたしのサイン自体がカッコよくないからだ。それに芸能人のサインが飾ってある店ほどかっちょ悪いもんはない。そんなかっちょ悪い店に自分のサインが並び、店の雰囲気を更に助長するのが心苦しいので、お店のヒトにサインを頼まれる時は、いつもそう言って一応お願いする。でも、そんなのもらったヒトの自由だし、あげたものは後でとやかく言える筋合いではないのだが。

クマ五郎は、

「はいはい、絶対飾りましぇーん」

と、おどけてみせた。どうリアクションしていいかわからなかったので、無視してしまった。おばちゃんたちも、集まってきた。

「撮影かなんか？」

「やっぱり、テレビより、本物のほうが素敵ねー」

「ホントねえ。写真いいですか？」

「あ、はい」

「あ、いいですか？　すいません。ほら、みんな入って入って」

おばちゃんたちがわたしを取り囲んだ。クマ五郎が一番はしゃいでいたくせに、

「フラッシュ、ここ押すのか」

などと言って、カメラマンになっている。次にクマ五郎バージョンを撮るつもりかもしれないが、何度も撮るのは面倒なので、向こうに興味なさげに立っている青年のほうを指して、

「おじさんも一緒に入って、あの方に撮ってもらったらどうですか」

と、提案した。すると、

「いやー、おれが入ったら、カメラ壊れるべぇ、ダハッ」

「…………」

凄いベタなギャグに、おばちゃんたち大爆笑。わたしはどうリアクションしていいやら、再び固まってしまった。

ひととおり撮影会が終わると、おばちゃんたちは「どーもねー」と言って、厨房のほうに去っていったが、クマ五郎はそこに残って、こう言った。

「えっと、あれ、あの、サインもらっといて、失礼なんだけどぉ、あの、お名前……」

これは非常によくあることなので、別にムッとはしないが、しかし……。

「えっと、よも　はるみ　さんですよねぇ」

はっ？　だ、だれ？　よ、ヨモハルミ？

そう、このクマ五郎、わたしのことを、四方晴美と間違えていたのである。

わたしと同年代でも、その名前を聞いて、すぐそれが誰かわかるヒトは少ないと思うし、ましてやわたしより若いヒトは、全く知らないと思うのだが、そのヒトは、かの『ケンちゃんチャコちゃん』などの「ケンちゃんシリーズ」で名をはせた、名子役なのである。

クマ五郎の精神状態が全くわからなかった。

　クマ五郎は、わたしのことを、四方晴美が成人したヤツだと思っていたのだろうか。「テレビ観てます」と言ったくらいだから、テレビの中のわたしを、四方晴美と信じ続けていたのだろうか。それとも、子役だった頃の四方晴美に、わたしがあまりに似ているため、引退した四方晴美だと思ったけれど、とりあえずサインをもらったのだろうか。

　ここだけの話だが、確かに子供の頃から四方晴美に似ているとよく言われた。当時はその人物が何者なのかわからなかったが、あんまりよく言われるので、子供心に「わたしってよもはるみ似」と思っていた。しかし、さすがに自分がテレビに出るようになってからは、自分が「四方晴美似」であったことの記憶も薄れ、まわりの、目が離れていて思いっきり丸顔のヒトたちから、「あたし、小林さんに似てるってよく言われるんですぅ」と言われるようにもなっていたくらいである。ある意味で、立派な原型になったと言わせていただいてもよろしいかしら。それが、四方晴美である。その響きは、一瞬キツネにつままれたような気がしたが、懐かしい響きでもあった。勿論、ムッともした。とにかく複雑な感情が胸をよぎったのであった。

「えーと、違いますよー。あたしはコバヤシです。コバヤシサトミ」

「えっ？　コバヤシさん。……ああ、コバヤシさん……」

わかったんだかわかんないんだか、よくわからないリアクションではあったけれど、これ以上混乱を招いてはさらに面倒くさくなると思って、「それでは御馳走さまー」と、とっととその店を後にした。

そして、その夜……。

函館市内に戻ったわたしは、何人かのスタッフとホテルのそばの寿司屋に出掛けた。暖簾《のれん》をくぐったとたん、

「どぇりやっしゃあい!!」

と、もの凄いドデカイ声に歓迎された。かなりジイさんの板さんだ。そんなに大声出さんでも、充分届きまくる広さの店内である。明らかに地元のものでないと判断した板ジイさんは、得意げに、

「函館で、旨《うま》いもん食べた？」

と、さっそく身を乗り出した。

「ええ、まあ……ぼちぼちです」

「あ、そ。今はねぇ、イカだね。真イカ」

またイカだ。

「ああ、イカそうめんですね」

「イカそうめんもそうだけど……イカめし食った？」

わたしはおやつに食べたレトルトのイカめしを思い出した。

「ええ、でもあんまりおいしいやつじゃなかったですねぇ」

「おっ、そうかぇ。うちのは旨いぜ、おいっ。イカめし持っといで」

え、そ、そ、そんな。さっき食べたのに、もういいよぅ。寿司屋に入って、いきなりイカめしというのも、なんかダサイ。ほっといてほしいのよぅ。好きなもん食べさせてよぅ。

奥からおかみさんが持ってきたイカめしは、確かにクマ五郎のところのより柔らかくて、美味《おい》しかったが、一日にイカめしを二回も食べるのは、よほどのイカ好きなやつだけではなかろうか。はっきり言ってこれだけでかなり腹にたまる。

「ああ、なるほど。柔らかくて美味しいです……」

……それ以外、何が言えるというのか。

イカめしのおかげですっかり箸の進み具合がトロくなったわたしたちは、なんとなく会話も弾まず、それぞれがテレビを見上げたり、魚の入ったショウケースをぼんやり眺

めたり、お茶を啜ったりしていた。すると、突然、その板ジイさん、

「おとうちゃんは、元気かい？」

とわたしに向かって、聞いたのだった。

「は？　おとうちゃん？」

一体このジイさんは何を言っているのか？　わたしの父親と知り合いなのだろうか。それとも、この場合の『おとうちゃん』とは夫のことを指しているのだろうか。以前、上野の湯島天神でも、テキヤのオヤジに「とうちゃん、このまえテレビ出てたなぁ」と言われ、その頃夫は、たまにテレビの取材など受けていた時期だったので、それを観たのかな、と思っていたら、

「そんでよ、競輪で二十万円もすってなぁ。ゲハハハハ」

はぁ？　競輪？　うちの夫は競輪はしない。

「いや、競輪ですか？　それは何かの間違いだと思うんですけど」

「何言ってんだよ、出てたじゃねえか」

「えぇ……？」

「だってあれだろ、あんた、ほら、なんだっけ、テレビ観てるよ。ほら、えーと、落語

家の娘だろ?」

「ら、落語家?」

「あぁ、そうそう、海老名美どり」

「………」

ということは、この場合のとうちゃんは峰竜太ということか。そしてわたしはミステリー作家かい。

サインをくれと言うので、『海老名美どり』としてやった。

とにかくそんな事件もあったことだし、『おとうちゃん』という言葉には慎重になっていた。どっちのことなのか咄嗟《とっさ》に判断できず、えっと、えっと、と言っていると、

「おとうちゃんだよ、おとうちゃん、ほら、なんだっけ? おい」

(おかみさん)「安井昌二さん」

「そうそう、ヤスイショウジヤスイショウジ」

「は? だ、誰ですか? ヤスイ……?」

すると、わたしたちの中のひとりが、理解したようで、

「ああ、ヤスイショウジね。ほら、四方晴美のお父さんよ」

「よ、よ、よもは、は、はるみぃ？」

信じられない。また四方晴美かい。一日に二回も間違えられるなんて。そんなにアタシは四方晴美かい。四方晴美の黄金期にはそれこそ日本国中知らないものはいなかったらしいが、その中でも、特に函館では人気があったのだろうか、四方晴美。ああ、わたしってこんなにまで四方晴美……。

「いつも観てますよ」

おかみさんはお茶をさしかえながら、にっこりしている。一緒のスタッフの皆は大笑いだ。一体この夫婦もどういうつもりでいるのだろうか。テレビの中のわたしを四方晴美と信じ続けているのであろうか。クマ五郎とおんなじやんかー。

アタシって……アタシって……一体何なの？

そう、函館の女とはズバリ、他の何者でもない、四方晴美なのであった。名前変えるか、四方晴美に。

かぞえの三十三《さんじゅうさん》

女のかぞえの三十三。紛れもない厄年である。それも本厄。

そして、わたしは本厄真っ只中なのであった。

お断りしておくが、九八年一月現在、わたしはまだ三十二である。しかし、みなさんご存じのように、「かぞえ」という歳の勘定の仕方が大昔からあるそうで、その勘定の仕方だと、今のわたしの年齢は「かぞえの三十三」ということになるらしい。まあ、そんなところで歳ひとつくらい若ぶってもしょうがないんだが。どうせもうすぐホントの三十三だ。

昔からよく、ばあちゃんや母親たちが「かぞえで○○歳の時、誰それが死んだ」とか「かぞえの○○歳で嫁に行った」とか話をしているのを聞いていたが、なんでわざわざかぞえで話をするのか、なんで本当の歳で話をしないのか子供心に不思議であった。また、そんなふうに「かぞえ」を使った会話は妙にババくさくてうんざりしたものである。

それでも女のかぞえの三十三は本厄なのだそうだ。

「かぞえだかなんだか知らないけど、厄年なんでしょ、あたし」

口では、そんなふうに煩わしそうなことを言っても、なんとなく気になってしまうところがわたしの気の弱いところである。去年のお正月には近所の神社に厄祓《やくばら》いに出掛け、御札をもらい、お土産（というのだろうか）にいただいたお箸や、飴や、砂糖、牛型の土鈴、そして杯などに、

「わーい、もうかったもうかった」

とセコく、喜びの小躍りをしたものである。メインは御札だっちゅーの。

御札を部屋の南向きに貼り、お守りも財布の中にしのばせれば、厄年対策万全である。

そして、御祓いをしたおかげか、その年を振り返れば、大きな病気や事故にも遭わず、まあ、安泰といったところであった。

しかし、聞いたところによると、厄というものは、その本人に災いが起こらずとも、周囲の人間に飛び火することもあるらしい。そう言われてみれば、その年は、わたしのまわりには予期せぬ災いに見舞われたヒトたちが何人かいた。

　会社を経営する友人は、この就職難の中、熱心に社員を募集していたが、雇ったヒト皆が皆、健康オタクだったり、ロリータ趣味だったり、ただの牛（さすがウシ年）のようなやつだったりして、それぞれ一ケ月ほどで解雇。「人難」だったと嘆いていた。ダンサーをしている友人は舞台の奈落で頭をぶつけ、パックリ。親戚関係では、いとこが新居を建築中に夫の浮気が発覚、そして離婚。わたしの父親は、お馴染み大工だが、仕事中に指をぶっちぎる大きな怪我《けが》をした。まあ、これらを皆厄年の自分のせいにするには、少々、というかかなりこじつけくさい気もするが、本厄のわたしが何もなく、ヘラヘラ笑って暮らしていけてるのに……と、まわりのヒトの災難には心を痛めずにはいられない。とにかく、わたしはその年、無事であった。親知らずは抜いたけど。

　しかし、わたしだってただのヒト。そんな、厄がわたしをよけて通るみたいな、選ばれた民のような生活がいつまでも続くわけがない。そう、いよいよ、その矛先はわたしに向けられていたのである。かなり、相当、いや、全く油断していた。

　それは今年の正月である。

　とはいいながら、今年の正月前半は実にいい正月だった。悪いねー。大晦日には毎年、我が家で大作映画を鑑賞することになっているのだが、今回はあの名作『ルーツ』を一巻から六巻まで通しで観て、元日には、例年のように、夫の実家に、二日にはわたしの実家に、と出掛けた。それぞれの実家で美味しい御馳走をたらふく食べたり、ゴロゴロしたりして、これぞまさに正しい正月！　という過ごし方をしたのであった。

しかし、三日に、お正月映画らしい大作『タイタニック』でも観に行くかー、と街に出掛けたのだが、街はどこもヒトでいっぱい。勿論映画館もいっぱい。指定席まで完売である。せっかく銀座まで出掛けたのに何も収穫なしというのも悲しいので、ヤケで福袋でも買って帰ろうということになったのだが、デパートに行ってみると、これまたヒトでいっぱい。後でニュースを観たら、三日は日本中の皆がデパートに、朝の五時とかに並んで福袋を買いに来る日だそうで、何も知らないわたしら夫婦は「なんでこんなにヒトがいるんじゃー」と文句を言いながら、それでもそのへんにあった福袋をなんとか摑んで、ヒトにもまれてぐったりとなりながら、シブシブと家に帰ったのであった。思えば、この日の空振りから、正月の運気がググッと下降しはじめた気がする。そしていよいよ運命の日が訪れるのだ……。

運命の四日。

近所の神社に初詣にやってくるヒトたちの足もようやく一段落したようだし、去年の

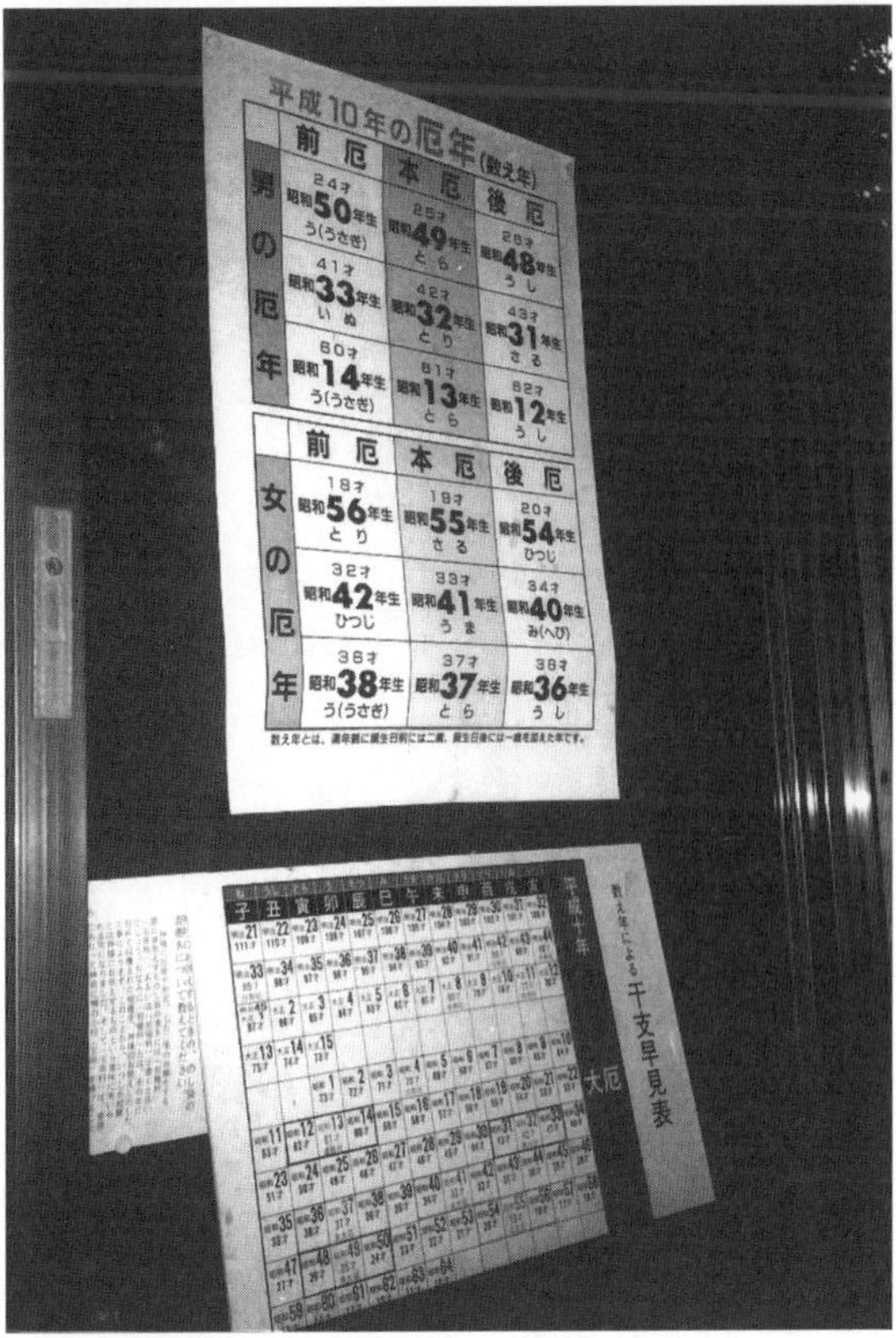

みんな、厄年を確認しよう

御札を納めて、また新しいものをいただきに行こう、ということになった。面倒くさいことに、わたしときたら、今年も厄年なのだそうだ。後厄。しかし、去年平和だったのは御祓いのおかげ、と思えば、多少の面倒くささも我慢せい、というところか。そして、その後はホテルのレストランで美味しい正月料理でもいただこう、という計画をたてた（アタシ結局、大晦日からなんも主婦しとらんやんけ）。昨日の空《むな》しい一日を取り戻す勢いで、楽しい気分が一気に盛り上がった。そうして、南向きに貼った御札をベリッと剝がし、財布のお守りも取り出して神社へ出掛けることになったのだが、その前に手荷物を車の中に入れて、手ぶらで行こう、ということになった。歩いて数分の神社なので、徒歩で出掛け、戻ってそのまま車で出掛けようという寸法である。

わたしたちは、バッグやマフラーなどかさばるものを車に投げ込んだ。

「オッケー。じゃドア閉めまーす」

夫は車の運転をしない（できない）ので、車に関してのイニシアチブはこのあたしがとるのだ。そうして、車のドアを思いっきり閉めた。その時である。

「あら？　おや？」

その時は本当にそんな間があった気がしたのだが、次の瞬間、

「んぎゃー、あれれれれれー！　とれなーい！」

信じられないことに、わたしの右手の親指が挟まったまま、そのドアはピッチリきれいに閉まってしまったのである。引っ張っても抜けるはずはなく、アヘアへともがいていたのだが、ようやくもう一度ドアを開ければいいということに気づき、慌ててドアを開けた。抜けた瞬間は、指の感覚がなく、

「こりゃ、いったかな」

と思った。恐ろしくて自分で確認することができず、

「ねえねえねえ、ついてる？　ついてる？」

と夫の目の前に指を差し出した。

「お、お、お……つ、つ、つ、ついてるついてる」

夫はこの状況にすでにかなりお尻がズンッときているらしく、梅干しを食べたような酸っぱい顔をしてそう言った。しかしその目は親指を見ていないのを、わたしは見逃さなかった。仕方がないので自分で確認することにした。恐る恐る見ると、その親指は血は出ていなかったけれど、先っちょがぺったり押しつぶされてアニメのように見事にドアのくぼみ型になっていて、爪には真ん中へんで横に何本もの亀裂《きれつ》が入っていた。それ

を見たとたん、安堵と痛みがじわじわ押し寄せてきて、かなりジンジンしてきた。

「イタタタター、これはかなり痛いですぅ……」

実際、息も絶え絶え、といった感じであった。

「だ、だ、大丈夫？　出掛けるのやめようか？」

「いや、大丈夫。えっと、えっと……ひ、ひ、冷やします、とりあえず……」

昨日の空振りを取り戻すための一日が、こんなことでまたまた暗礁に乗り上げてしまうのはなんとしても避けたかったのである。旨いもんも食べたかったし……。

御札を持ったまま一旦うちに戻り、アイスノンを手のひらにあてながら、神社に出掛け、御祓いをしてもらう間もアイスノンにすがりついていた。そうしているうちにもグングンと右手の温度は上昇していき、もうホントにアイスノン様様《さまさま》といった気分で、神頼みというより、さながらアイスノン頼みといった心境であった。

それにしても、恐るべし厄年。去年までの御札を剝がしたその隙に、まんまとわたしに狙いをさだめて厄がふりかかってきたようである。もしそうだとしたら、恐るべし御札の威力。今年も貼ります。貼らせていただきます、南向きに、ええ。

「大体、新年ったって、厄は、節分でひと区切りなんだよ。後厄の御祓いったって、あたしはまだバリバリの本厄なんだよ。何が無事に本厄をやり過ごしただよ。まだ終わってないんだよ本厄が」

と、ぬかりのありすぎた自分に腹も立ったが、それよりも、何よりも、とりあえず、痛かった。

御祓いが終わってお土産（本当にこんなふうに言うのだろうか）をいただき、家に帰る道すがら袋をのぞいて見ると、去年は入っていた飴が、今年は入っていなかった。なんか、泣きっ面に蜂、といった感じである。……なにも飴ひとつでそこまで落ち込むこともないのだが。

そのまま出掛ける予定だったけれど、もう一度家に戻り、きちんと手当てをしてから出掛けることにした。医者に診てもらうにしても正月の四日に、それも日曜日に開いているところなんてないだろうと思ったし、救急車を呼んで診てもらうほどひどいもんでもないだろう、とたかをくくっていたのである。とりあえず、きっちり熱を持った右手を、冷湿布で包み込み、テープでとめて、今考えると、よくそんなことができたと思うのだが、車を運転して出掛け、レストランではお正月メニューという「しゃぶしゃぶ」を（正月に御馳走が食べられると期待していたのだが、魚河岸が休みということで、かえって淋しいものがあった……）ジンジンするのを必死にこらえて左手で食事をし、無事帰ってきたのであった。

しかし、容態は悪化していた。帰宅後もあまりの痛さに唸りながら、ますますジンジンしてきた右手をかばいつつ早々に布団に潜り込んだ。よりにもよって、明日は今年に入って初の仕事がある日である。それなのにこのザマだ。

「明日、仕事の前に病院行っちゃうもんね。血が出てないから大丈夫だもんね」

と自分を励まし、明日の朝が少しでも早く訪れるようにと、きつく目を閉じた。しかし、これがまたジンジン痛くて、眠れたもんじゃないよ、アンタ。あー、痛い。あー、たまらん。

結局、まんじりともせずに迎えた朝には、昨夜《ゆうべ》のジンジンからズッキンズッキンに進行しており、更に爪の中に内出血まで発見するという悲惨なことになっていた。

病院の待ち合い室で自分の番を待っている間にも、あまりの痛さに時々意識が遠のいた。やっと自分の名前が呼ばれ、まずレントゲンを撮り、骨に異常がないことが確認された。

それにしても、救患を扱う病院はどこもおおざっぱとは聞くけれど、ここの病院もな

かなかの軽いステップで、わたしがプルプル震えながら、

「あの、かなり痛いです」

と言ったって、レントゲンのオジサン（先生か？）はわたしの手をハギッと掴んでポンポン手の角度を決めるし、診察してくださった先生も、

「ここ？（ぎゅっ）」

「んがっ！」

「このへんは？（ぎゅぎゅっ）」

「んぐぉ!!」

と、とてもライトな手際である。しかし、そうも感心してられない。

「んーと、爪はぁ……死んでるねっ。えーと、これ、内出血。血ぃ、とっちゃいましょうねぇ」

「（ハァ、ハァ、ハァ……）はい」

そんな短いやりとりのあと、先生は青江美奈のような看護婦さんに注射針のようなものを持ってこさせた。そして、おもむろにわたしの爪にその針を刺そうという構えを見せている。ただでさえズッキンズッキンしているのに、これ以上針までも刺すか！　も

うどうにでもしておくれです！　目を閉じたが、次の瞬間。

「！！！！！！！！！！！！！！！！！！！！」

筆舌に尽くし難いとはまさにこのことではないだろうか。指の先から脳天に突き抜ける稲妻か！　電流か！　手のひらに爪が食い込むほどにギュッと左手を握り締め、眉間《みけん》にはコラーゲンを注入して再生させなければならないほどの深い皺を刻みながら、もう、ただ、耐えた。耐えて耐えて耐えまくった。しかし、こればかりは今まで体験したことのない痛みであった。ホント。これマジ。わたしの両目から、滝のように涙がちょちょぎれた。我慢強いと周囲のヒトたちに称《たた》えられているわたしが泣いているのだ。涙をこらえるとかこらえないとか、もう、そういう問題ではないのである。じっとしているだけで涙が溢れ出た。初めての体験だった。

「ほら、こんなにとれましたよ。血ぃとったからだいぶ楽になりますよぉ」

ほら、と言われても、こっちは泣きが入っているうえに、脱力状態である。すると、

「あ、もうちょっととろう」

と再び電流拷問である。一度で終わらさんかーい！

失神寸前で血をとり終わると、目の前がぼんやりとぼやけていた。あまりの痛さに焦

点が合わなくなっているのだと思っていたら、左目のコンタクトレンズがずれて、目の中のどこかへ行ってしまったのだった。目の中が妙にゴロゴロしている。それほどまでにきつく目を閉じていたということなのだろう。

場所を移って、青江美奈ふう看護婦さんに添え木（アルミだったが）と共に包帯を巻いてもらいながら、

「でも、クンタ・キンテの足に比べたら、アタシなんてまだましなんだわ……」

と、グッスンと洟《はな》を啜った。そう、大晦日に観た『ルーツ』の中で、脱走した奴隷クンタ・キンテは、白人に捕まって、もう逃げ出さないようにと、右足の指を全部斧で切り落とされた（実話だぞ）のだった。あれは、この比ではなかったはずだ。かわいそうなクンタ・キンテ……。

そう、クンタ・キンテに比べれば、かなり幸せなわたし。もう、泣かないわ。

そうして、包帯ぐるぐる巻きのヒッチハイクのような親指で、ドラマの収録スタジオに向かったわけなのだが、そこで、さっそくひとつの壁にぶち当たった。まず、右手でメイクができない。どうするんだよう。仕方なく、左手で挑戦してみたが、やはり左右逆の妙な構図になり、ピカソの作品のような出来になってしまった。いや、それはピカ

ソに失礼というものだ。そして、ドラマの中で包帯をしているところとしていないところが出てくるというのも、おおいに困ったことであった。怪我をする前に撮ったところと、した後に撮ったところがつながるわけだ。なるべく隠しながら芝居をしようとしたが、ひょんな拍子に思いっきり写ってしまっていることもあった。全く、プロとしてあまりに情けない状況である。これが、『タイタニック』とかだったら、降板させられるに違いない。なんてったって、あの作品は三年もの歳月をかけて撮影されているのだ。あの、タイタニックの先端に、ディカプリオと両手を広げて立つ美しいシーンに、こんなでっかい包帯を巻いていたんじゃ、絵にならない。ま、別に誰からも『タイタニック』に出てくれと頼まれたわけではないが……。それだけ、撮影中は責任を持って……ということとなんだがね。はい、そうなんです。どうもすみません。本当に。

とはいってても、実際のところ、右手の親指が使えないというのは、日常の暮らしにおいて、想像以上に不便なのであった。炊事関係、文字関係一切不能。おかげで怪我後の食生活ときたら、二次災害で栄養失調になりそうなもんであった。忙しい夫の手を煩わせないようにと、紙皿に紙コップの日もあった。そんな日は、紙皿を持って外に出て、

「やっぱり、紙の食器は外で食べるとおいしいねえ」

などと、凍えながら、立ち食いをしたもんである。風邪ひくっちゅーの。そして、思いがけず困ったのは、着替えであった。もう、パンツからはけないね。ブラジャーなんてもってのほか。そして、タイツ。これがかなりの曲者であった。片手でタイツがはけますか、皆さん。キツイです、かなり。しかも、タイツはトイレに行くたびに、いちいち脱いだりはいたりしなければならないのである。いっそのこと、暖房のガンガンにきいた部屋で、素っ裸で過ごせたらどんなに楽かと思ったのだが、そうはいかないのが、職業婦人の辛いところである。

そんな不自由な生活がしばらく続いていると、高校時代の友人から、電話がかかってきた。

「もしもし、さとちゃん、元気だったのぉ？」

「いやぁ、元気も何も、これこれこうで……」

と、正月早々の怪我の話をした。すると、

「やっぱりなぁ。律義なさとちゃんから、年賀状の返事もなんも来ないから、もしかしたら字も書けないくらいの病気とかなんかしてんじゃないかって、心配してたんだよー」

「そのとおり‼」

実際、年末は忙しくて年賀状も書いていなかったので、新年早々、仕事場での休憩時間に返事を書こうと、仕事鞄の中に葉書をしのばせていたのであったが、その前日にあの事故である。

「いや、ごめんなさいよー、連絡もしないで」

「いいのいいの。でもそれ、厄だねきっと」

「おおっ、やはり？」

「そうそう。あたしも、ついこの間、あたしんちの真ん前の民家がガス爆発しちゃったのよ」

「へ？　ガ、ガス爆発……？」

「ウチは三階だったから被害はなかったけど、一階のおばちゃんなんか、掃除してたら、突然思いっきりおけつ蹴られたみたいな衝撃で、前にすっ飛んだらしいよ」

「コ、コ、コワ……」

「厄はヒトに飛ぶってこともあるらしいからねえ、恐いよねぇ……」

って、アンタ、それは相当恐いよ、その飛び火は。電話を切った後、自分の部屋の、南向きに貼られた御札をパンパンッと拝み、更にハラリと落ちることのないように、上からギュウギュウ押しなでて、今後の無事を祈ったのであった。くわばらくわばら。

それにしても恐るべし厄年。やはり、かぞえの三十三は、ただごとではないのである。甘く見てるとおまえさんのところにも、降ってくるぜ、ヤツの魔の手がな……ウッキィーッ!!（脅かしてどうする。おまけに猿だし）

それよりも、誰か、ご飯作りに来てくれ。ついでにお皿も洗ってってくれ。頼む。頼むから……。

怒《いか》りの餃子《ギョーザ》

春の気配を感じる三月のある日、夫がメインバンクにしている銀行の支店から、一本の電話が入った。

「あのー、ワタクシ××銀行、○○支店の山本と申しますが、いつもお世話になっております ぅ」

「あ、はい、どうもこんにちは」

勿論彼の顔は知らない。

「えー、何度かお宅のほうへ伺ったんですが、お留守のようで」

そういえば、名刺の挟まった銀行のティッシュが郵便受けに入っていたっけ。

「あ、そうですか」

「はい。えー、それでですね、あのー、お電話させていただいたのはですね、あの、実はお願いがございまして……」

「はい？　なんでしょう」

「え。実はですね、ワタクシどもの支店の三月の決算なんですが、あの、今の時点では、ちょっと全体の預金の額が、といいますか、ええ、あの、ウチの支店の目標の額に達していないわけなんですよ」

「……はい？」

「ええ。それでですね、電話でこんなことをお願いするのは本当に失礼だとは思うのですが、普通預金のほうから、いくらか定期預金にまわしていただけないでしょうか」

「……はい？　定期預金ですか……。その、目標の額……っていうのは……なんなんですか？」

「ええ、それぞれの支店の成績といいますか、そういったものなんですけれども……」

なんか、とにかく気持ちは必死だというのは伝わってくる。

「あの……その成績というのは、そのぉ……目標の額に達していないと、ダメなんですか？」

なんだかよくわからない話なのだが、とりあえず何か質問したほうがいいだろうと思ってテキトウなことを聞いてみた。

「あの、ダメといいますか……。ええ。あの、わたくしどもが今まで必死でやってきたものがですね、水の泡、といいますか……。とにかくかなり大変な状況でして……」

かなり大変な状況とは……? 銀行がつぶれでもするのだろうか。わたしはビビった。

「な、なんと、大変な状況……!! つぶれるんですか」

さすがにこの質問には失笑して、

「いいえ、そんなことはございません」

と答えた。なんだ、それなら、そんな深刻にならないでもいいじゃあないか。ほっとしたわたしは、冷静になって、この電話の意図を理解したのであった。

「定期預金ですか。んー、定期預金ねえ……」

正直言って、面倒くさい。

「えーと、ちょっと大きい買い物をする予定がありまして、定期にするお金はなくなると思います」

思いきって、こんなでまかせを言ってみた。

「いえ、あの、一応三月までの決算ですから、今から定期にしていただいて、三月が過ぎましたらもう解約してくださって結構ですから」

　なぬ？　なんだそれは。そんなインチキめいた定期預金があっていいのか。三月いっぱいといったら、あと、二、三週間しかないではないか。

「や、あの、この電話で今すぐに決めていただくのもなんですので、そちら様のご都合のよろしい時にでも、伺わせていただいて、お話を聞いていただきたいと思っているんですが、あのぉ、明日なんて御在宅でしょうか？」

「いえ、明日は一日中おりませんが……」

「……あ、そうですか。……それではいつ頃でしたらいらっしゃいますでしょうか」

　そんな、勝手に来ると言われても困る。

「ええと、ウチは主人が家で仕事をしておりますので、いつというのはちょっと言えないんですが」

　ホントにこれはいい口実。ありがたいありがたい。

「えーと、あ、そうですか。んー」

　あー、ここまでのやりとりを書いているだけでも、イライラしてきた。

「間に合ってます。結構です」と、ビシッと言えないのは、ウチもここの銀行には結構な借金をしてるからである。なんとなく、そんな弱みにつけ込まれてるような気がして、強気に出られない自分が悲しい。とにかく、彼はわたしに会いたがっていた。定期預金をさせるために。

それにしても営業というのは本当に大変な仕事だと思う。きっと、彼はうちの前にも、何軒ものお宅に電話をして、同じことをお願いしているのだろう。そして、そのたびごとに、迷惑そうな応答をされ、それでも食い下がり続けているのである。あの、〝営業マン〟特有の作り声、作り笑いでヒトに頼み続け、断り続けられる仕事というのはさぞかし辛いものだろう。そのうち、自分の本当の声や顔を忘れてしまわないのだろうか。その点、この電話の青年は、まだ日の浅い若営業マン、といった感じの印象であった。白々しいお愛想も言わなければ、立て板に水的な、嫌な感じもしなかった。が、しつこい。仕方ないけど。それが仕事なんだから。そしてヘタに嫌な感じがしないもんだから、よけいビシッと断りにくいのだ。わたしが電話口でモゴモゴしていると、

「わかりました。では、いついつ、と決めさせていただくのはそちら様のご都合もよろしくないようなので、また近いうちに寄らせていただいた時にいらっしゃったら、お話を聞いていただくようなかたちでよろしいでしょうか」

と謙譲語と尊敬語と丁寧語もりだくさんに切り出した。こっちはなんだか、すっきりしない気持ちのまま、

「んー……えー……ああ、そうですか。そうですねぇ……、はぁ」

とかなんとか、思いっきり気がなさそうなことをアピールする声色でそう言って、電話を切った。このわたしの気のなさをくんで、彼も諦めてくれるといいのだが……。

翌日。

わたしは甘かった。あろうことか彼はさっそくうちにやってきたのだ。ただ、うちにいたのは、ドラマの脚本の締め切りにジリジリと追いつめられていた夫だけであった。

わたしが仕事から帰ると、頭をアインシュタインのように爆発させた夫が、のそのそと仕事部屋から出てきた。

「今日銀行のヒトが来たよ」

「え、ほんと」

「奥さんには話してあるとかなんとか言ってたけど、今忙しいから帰ってくださいって言っても、ドアの外でいつまでもしつこいから、ガツンと言ってやったよ。今日来てくださいって言ったの？」

「ええっ、なんだそれ。言ってないよ」

近いうちに寄らせてもらうって、アンタ、そりゃ確かに近いっちゃあ近いけど、近すぎるだろう、次の日というのは。そして、更にその晩。

ルルルルルル……電話が鳴った。

「はい」

「あ、どうもお世話になっております。××銀行の山本です」

ヤツだ。

「あ、どうも……」

「あの、本日お伺いさせていただいたんですが、ご主人様、お仕事中ということで、大変ご迷惑をおかけしまして、申し訳ありませんでした」

「ああ、はい、その話は聞きました」

「えっと、それでですね……いかがでしょうか。ご主人様とご相談なさってくださいましたでしょうか」

本当に熱心なヤツ。

「えーと、その件ですがねえ、やはり、ちょっとねぇ」

「あっ、いえ、まだ、日にちがございますから、今決めていただかなくても結構です」

そんなこと言ってまたしつこく電話されたりうちに来られたりするのは困る。しかし、気の弱いわたしは、またまた「結構です」とはっきり言えないんだな、これが。

「でも、ホント、すぐお金使う予定ありますし、定期にしてるヒマないと思うんで……」

「あ、そうなんですか。もう、今週中とか、ですか」

「イヤ、今週中、というか……」

「でしたら、とりあえず定期にしていただいて、それで、もし、すぐ御入用になりましたら、解約してくださってかまいませんから」

相変わらず、彼は非常に熱心だ。もう、こうなると、何がなんでも、誰がなんと言っても、絶対的に定期にさせたいんだな、こいつぁ。

「ですからぁ、いちいち手続きとか、面倒じゃあないですか」

「あ、その件でしたら、もしお時間がとれないようでしたらわたくしがそちらにお伺いして、通帳をお預かりしてでですね、こちらのほうで一切の手続きやらせていただきますから」

なななぬ？　通帳？　なんで見ず知らずのアンタにそんな大事なモン預けなくてはならんのだ。わたしの声のトーンも、急に警戒の色が濃くなった。

「でも、いつなら家にいるとか、はっきりしない仕事なので、予定がたたないんです」

「……あ……、そうですか……」

よし、いいぞいいぞ。

しかし、どうしてどうして、相手もまだ食い下がる。

「明日なんか、どこでもかまいませんから、ご都合のよろしい時間、ございませんか。書類に記入する、ほんの五分でかまわないんですが」

はっきり言って、五分くらいなんとかならない人間はいない。でも、こんなに食い下がられて、しぶしぶ捻出《ねんしゅつ》する五分は、今晩一晩いやーな気分を引きずった五分である。思いっきり濃い五分だ。なんで、わたしがこんな思いをして、一晩眠らなくてはならないのだ。それに、まだ、定期にするなんてひと言も言ってない。

「えーと、明日は朝から夜遅くまでいません」

「夜でしたら何時頃、いらっしゃいますか」

余計なお世話だ。

「わかりません」

「…………」

「…………」

　重苦しい沈黙が流れた。

「……そうですか。わかりました。では、あらためてまたお電話させていただきます」

「えっと、でもたぶん定期にはしないと思いますよ。もっとお金持ちのお宅に頼んでください」

「ハハハ……あの、私どもも、いろいろなお宅にお願いしているのですが、なかなか……ハハハ」

　ハハハじゃないだろ。気の長いわたしも、いい加減堪忍袋の緒がゆるんできた。しかし、この日も、なんだかんだとヤツの電話に付き合わされ、気の弱いわたしは、結局、「もう、二度と、かけてくるんじゃねえぞ」と、ビシッと言えないまま電話を切ったのであった。

　その後も、毎日、夕飯時になると、決まって電話のベルが鳴った。本当に晩ご飯の仕度で手が離せなかったし、たぶんヤツだろうと思って、留守電で居留守をつかってやった。すると、必ず無言で切れた。いつも決まった時間だった。どういうつもりなんだか。向こうとしては、夕方六時半から七時頃なら、主婦は晩ご飯の仕度で家にいるだろうと目論《もくろ》んでいるのだろうが、そんなの本当にいい迷惑である。夕飯といえば、家事の一日のメインイベントである。気合いが入っているのである。頭の中で料理の手順を逆算しつつ、冷めてもいいものから料理を始め、これは薬味だからさきに刻んでおいて、これは最後にバババッと火を通して、などと大きなうねりというか、流れがあるのだ。食卓が完成する瞬間はオーケストラの指揮を終えた指揮者の気分である（たぶんね）。それを、そんな無神経な電話に邪魔されてなるものか。

そして、それから仕事で東京を何日か空け、戻ってきた次の日、久しぶりに晩ご飯の仕度をしていると、電話が鳴ったので、なんとなく受話器をとってしまった。すると、受話器の向こうから、聞き覚えのある声が聞こえた。

「あ、どうも。お世話になっております」

しまった！　しばらく間があいていたので、ヤツのことはすっかり忘れていた。

「あのー、いかがでしょうか。ご検討くださいましたでしょうか」

もう、三月も残すところ三日である。それなのに、まだコイツは定期預金をさせようというのか、このわたしに！

「あのですね、もう三月終わっちゃいますよ。三月いっぱいでいいって言ったたって、入れたと思ったらもう、四月ですよ。すぐ出さなきゃならないじゃないですか」

「あの、もう、お使いになるご予定、はっきり決まったんですか？」

うっ……予定ったたって、そんなもんははじめからなかとです。ただ、面倒なんだよ、いちいち手続きがさぁ。

「いや……」

なぜ、「はい、決まりました」と言えないんだ!! またつけ込まれるじゃないか!!

「でしたら、是非お願いします。時間の都合をつけるのが難しいようでしたら、お時間の空いた時に、わたくしのほうにお電話くだされば、本来でしたら一階の窓口での手続きなんですが、特別に二階の窓口で手続きさせていただきます。お時間は取らせませんので」

……うううう。まだ言うかあっ！　いいんだよ！　定期にしなくても！　普通預金の利率が〇・〇二パーセントで、定期だったら〇・三五パーセントだろうがなんだろうが、俺には知ったこっちゃないんだよー！　いいんだよ、そんな利子なんて！　利子で飯が食べられるほど預金があるならわかるけど、うちの利子なんかたかが知れてるんだよ。そんなみみっちいもん気にしちゃいないっつーの！　大体なんで降って湧いたような電話一本のせいで、わざわざ時間を作ってへいこらと銀行まで足を運ばなきゃならないんだよ。そんな暇もないし、必要もないんだよ、わかったかコラ。と、言葉では言えない憤りと怒りが、じわじわと体の奥から湧いてくるのがわかった。高ぶる気持ちのせいで、声の震えるのを押し殺して言った。

「あのですね……ですから……定期にするのは面倒なんです。手続きは五分で済むって言ったって、そちらにわざわざ出向いていったり、来ていただいたりしてもですね、その五分を作るために、いろいろ調整しなくちゃならないんですよ」

「……あ、はい……」

今までとは違うわたしの声のトーンに、電話の向こうで、相手がビビっているのがわかった。

「こんなに熱心にお願いされたら、断るのも、なんか凄く悪いなーっていう気分にさせられるの、わかります？」

「……あ、はい、ありがとうございます」

なななぬー！　お礼を言うなお礼を！　言葉じりを拾って、いつも都合のいいように解釈するんだ、こういう人種は。

「だから、ありがとうございますじゃなくて……」

もう、限界だ。頭の芯がジンジンしてきた。考えてみれば、ここ何週間というもの、コイツの、申し訳なさそうな、しかし、限りなくしつこい、すがるような電話攻撃で、わたしは、非常に嫌な気分にさせられていた。例えて言うなら、別れた男が、毎晩毎晩、強引ではないけれど、捨てられた子犬のようにクンクンと弱々しげな声で、「あのさー、別に用はないんだけどさー、今、大丈夫？」なんて、全く実りのない電話の応対をさせられるようなものだ。ある意味で、これは立派な嫌がらせだね、嫌がらせ。ストーキングだな。ストーカーだおまえは。

「ですから、今日お返事いただかなくても結構ですから」

いつもの決まり文句だ。こうやって今までわたしはズルズルと引きずられてきたのである。もう、たくさんだわ！　ほっといてちょうだい！　わたしの体の芯から熱いものが噴き上げてきていた。目もぐるぐるまわっていた。ヤツが何を話しているのかもうわけがわからなかった。そして、朦朧《もうろう》とした中で、

「そうですか、はいはい。そうですね。じゃ、さようなら」

と電話を切った。電話の前でしばらく呆然としていると、尋常でない状態に気づいて、夫が心配そうにわたしに近づいた。

「おいおい、なんなの？　大丈夫なの？」

「…………（ハア、ハア）」

「ちょっと、大丈夫？」

と、わたしの背中に手を置いた夫は、すぐにギョッとして、手を引いたっけ。

「あ、熱い……！」

夫があまりにビックリしているので何かと思えば、わたしの全身はセーターの上から触ってもはっきりわかるほど、熱く火照《ほて》っていたのである。怒りのフィーバーである。頭なんかは文字どおり、湯気が出ていた。ひとは、怒り心頭に発すれば、実際に頭から湯気が出るんだな、と感心しながらも、

「ムカツクー、ムカツクー、ムカツクー、ムカツクー……」

一点を見つめたまま何かに憑《つ》かれたようにそればかりを繰り返していた。ボキャブラリーの少なさに呆れてしまうかもしれないが、本当に、その時の気持ちは、「ムカツク

ー」だった。細かく分析すれば、どの部分がどうムカツイたのか、なんでこんな嫌な気分なのか説明できたかもしれないが、言葉では片づけられない、大きなムカツキのうねりの中にすっかり呑み込まれてしまっていたのであった。

そして、その晩は、餃子であった。

ジビジビとしつこいあいつのおかげで、晩ご飯の時間も、大幅にずれ込んだ。ホントにムカツクー。餃子を焼くのは結構パフォーマンス的なところもあって好きなのだが、その日は楽しんでいる余裕はなかった。

「あー、ムカツクー、ホント、ムカツクー」

と声にしながら、底にかたくり粉をたっぷりつけた餃子を、アツアツの鉄板の上に並べ、ジャッ、と水を流し込んだ。

ジリジリジリッ！　ジュボボボボボボ！

餃子の焼ける音も、いつもより激しく感じられ、そして、それが更にわたしのムカツキ具合を増進させた。

「あー、ムカツクー、ムカツクー、ムカツクー」

ムカツキながらも、大幅に遅れた晩ご飯の仕度は続行しなければならない。慌ただしく食卓に料理を並べながら、餃子鍋の音に耳をかたむける。

　餃子鍋の音が、ジリジリからチリチリに変わった。木の蓋を取ると丁度いい具合にできあがっているようだった。そして、その鍋を持ち上げると、冷たい濡れぶきんの上に置いた。

　ジュワジュワジュワーと湯気が上がって、怒って焼いたわりにはなかなか美味しそうではないか。さあ、もうテーブルの上は、餃子を待つばかりである。餃子の底にへらを差し込み、パカッと剝がれた餃子を皿にのせると、ダダッとテーブルに走り寄り、ドンとお皿をのせて、やっと晩ご飯のできあがりである。

　さっきまでの怒りを引きずりながらも、気分を変えてご飯を楽しもうとするわたしは、

「いっただっきまーす」

と、努めて明るく言って、さっそく餃子に箸をのばした。

　しかし、その箸の先にあった餃子の姿を見て、わたしたちの箸は一瞬ピタッと止まった。

「こ、こ、これは……一体、これは……」

　驚いたことに、その餃子は、今まで見たこともない仕上がりになっていたのだった。

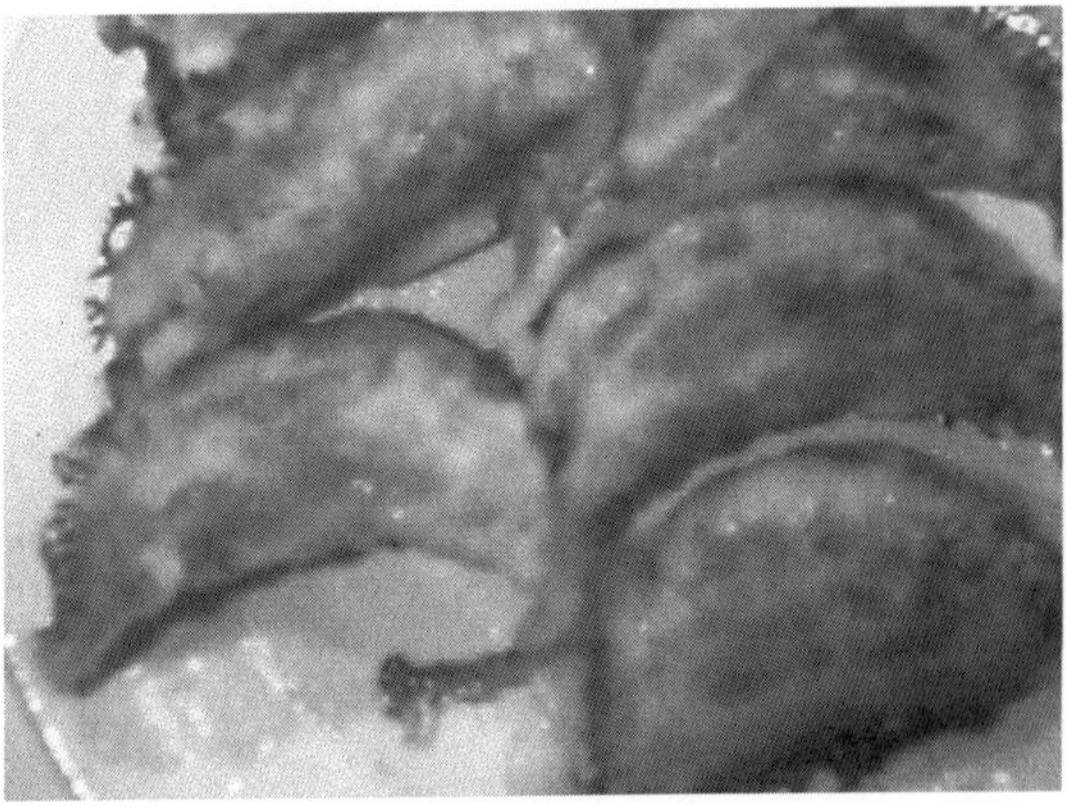

見よ！　これが怒りの餃子だっ！　ムカツクー！（デジカメにて撮影）

怒りにまかせて焼いた餃子は、まるで、わたしの心の状態をそのまま表すかのように、餃子のまわりにギリギリギリッとそれはそれは見事な怒りのフリルを付けていた。ギリギリというか、メラメラというか。とにかく餃子全体が怒りを噴き出しているかのようだ。

料理人の精神状態は料理の出来に影響するとは聞いていたが、まんまじゃないか、これは。こんなにわかり易いことがあっていいものなのか。

こんな餃子が焼けた自分に感心しつつも、やっぱり、この餃子を見たらば、山本を思い出し、アッタマにきていっぺんに三個頬張り、ガシガシと噛んでやったら、美味しくて、うれしいやら腹立たしいやらで、どうにもこうにも弱った晩ご飯であった。

その後、山本はピタッと電話をしてこなかった。四月の声を聞いても、その銀行はつぶれていない。ラッキーだったたな、山本。

長《ちょう》編《へん》読《よ》み物《もの》・心《こころ》のアウトドア派《は》1

　夫と初めて海外旅行をしたのは結婚してから半年後のことである。

　彼は生まれてこのかた、海外旅行をしたことがなかったそうだ。海外旅行はおろか、「飛行機にさえ乗ったことがないという（後で義理の母に聞いたところによると、小学校低学年の時、「飛行機でヨーロッパへ連れていったことがあるそうだが、本人は全く記憶にないらしい。記憶喪失か？）。

　そんなわけで、彼の記憶に刻まれるであろう初めての渡航先は、彼の希望で、カナダとニューヨーク、ということになった。特にカナダは、夫の強い希望であった。「大自然に抱かれる旅」というのがテーマで、山や川で、時にアクティブに、時にのんびりと過ごそう、ということだそうである。そして、田舎暮らしを堪能した後は、大都会ニューヨークで、芝居を観たり美味しいものを食べよう、という寸法だ。

彼は結婚する前から、常々、

「ぼくはアウトドア派だから」

というようなことを言っていた。

「老後はオーストラリアで暮らしたい」

とも言っていた。

ヒトは見かけによらないものだと思った。

さて、そんな自称アウトドア派の夫の記憶の中では、とりあえず初めてということになるフライトを、緊張しっぱなし起きっぱなしで無事終え、最初に訪れたのはジャスパーという、山の中の小さな町であった。そこは、テレビ映画『ツインピークス』の町を、もうちょっとカラッとさせたようなところで、ド田舎だった。そして、そんなド田舎こそわたしたちが求めていたところであった。ホテルの裏の湖のまわりには針葉樹が生い茂り、その向こうにはなだらかな山々が続いていた。

「あー、気持ちいいねー」

と東京での仕事をバタバタと終わらせてきた夫は、心底うれしそうであった。日本人観光客も見かけず、わたしたちはまるっきり異邦人の気分で、自転車を借りて山をサイクリングしたり、馬に乗って山越えをしたり、湖でボート遊びをしたりして、文字どおりのアウトドアライフを満喫したのであった。

と言っても、そんなに本格的なアウトドアスポーツだったわけではなく、ちょろいものだったのだが、夫も、最近ではこんなに体を動かすこともなかったらしく、ジャスパー後半は、かなりグッタリしていたようだ。

さて、ジャスパーで何日か過ごした後、今度はバンフという、日本では「大橋巨泉のOKストア」のあるところとしてお馴染み（?）の町に移動した。

ここは、ジャスパーに比べたらもの凄い都会だ（なんてったって巨泉の店があるくらいだからな）。目抜き通りなんてものがあり、道の両脇にはお土産屋さんやおいしそうなお菓子屋さん、そして映画館などもあって、かなり賑やかな町並みである。もちろん日本人観光客の皆さんの姿もちらほら見かけた。といっても、賑やかなのはその目抜き通りくらいしかなく、そこをはずれたらかなりな田舎である。高い建物もなく、カナダ的なおおらかな感じの町並みで、なかなか美しい景観であった。もちろんこの町も四方は山に囲まれていた。ロッキーね、カナディアンロッキーね、たぶん。

なんにもない田舎町からやってきたわたしたちは、ショッピングセンターをウロウロしたり、巨泉のOKストアで、何も買わずにお茶をタダ飲みしたりして、久しぶりの都会の雰囲気を楽しんでいた。夫も、都会の匂いをかいで気分が変わったら、ジャスパーでのグッタリ感がとれたようで、

「お、『ノートルダムの鐘』やってる。観よう観よう」

と、当時日本ではまだ公開されていなかった映画のタイムテーブルを、うれしそうに調べたりしていた。むしろ、ジャスパーにいた時よりも目の輝きが増しているように見えるのは気のせいか。そしてその夜は町の映画館で『ノートルダムの鐘』を観た。

夫は異常に喜んでいた。

翌日。

昨日は町で遊んだから、今日は山遊びでもするかなと思っていると、「ビッグ・フット博物館」に行きたいと夫が言いだした。なんだそれ。

「ビッグ・フットだよ。またの名をサスカッチ。ほら、見たことあるでしょ、山奥で撮られた毛むくじゃらの大男の後ろ姿の写真」

なんか、そういえば子供の頃、『わたしは見た！　世界の驚異』みたいなテレビ番組で、八ミリで撮影された、こちらを振り向きつつ逃げる、そんな毛むくじゃらの大男の

ような大猿のようなもんを観た記憶があった。しかし、よりにもよって、そのビッグ・フットだかサスカッチだかの博物館なるものが、こんな田舎町にあったとは。そして、大自然を満喫するのがテーマのこの旅で、なんでそんなところに行かなきゃならないのか、とも思ったが、(彼の記憶では)初めての海外旅行なんだから、まあ、好きなことすりゃいいさ、と優しいわたしは、その「ビッグ・フット博物館」に同行することにした。

それは、もろ目抜き通りにあった。それも、その入り口は、新宿あたりのビルの二階にある飲み屋に続くような階段であった。ひとが並んで歩けない幅の。そして、階段脇には、

「ビ　ッグ・　フッ　ト　サ　スカ　ッチ」

と字の配置のバランスが思いっきり悪い日本語で書かれた、ダンボール紙製の看板が貼りつけられていた。もうこの時点で怪しいもんね。おまけにその階段には大きな足跡のアップリケがされていた。ビッグ・フットの足跡のつもりなんだろうが。

そして入場料はタダ。

なんでなんだよう。金取ってちょーだいよ。なんか、お金を取らないということで、

許してもらおうと思っているんじゃないだろうな。

アップリケを踏みしめながら昇り詰めたところは、薄暗く、いかにも未知なる驚異の世界が待ち受けているような感じを演出していた。いや、演出しようとはしているが、雰囲気的に、学園祭の「○○の館」ふうなチープな感じは否めない。どこかのマンションの一室といった感じだ。入り口には眼鏡をかけた学生さんふうの青年がパイプ椅子に座ってペーパーバックを読んでいた。わたしたちが入っていくと、本から目を上げて口元だけで「にっ」と微笑んで、また本に目を落とした。

「ビッグ・フット博物館」にはわたしたち以外の人間はその青年だけであった。薄暗い照明の中、順路に沿って奥に進んでみれば、展示してある物といえば、どこかの鉱山から採掘された石とか、獣のしっぽとか、槍とか、なんだかよくわからないものばかりである。夫も、期待してきてはみたものの、あまりのこぢんまり加減と、展示物のやる気のなさに、淋しげな瞳になっていた。

「なんだか、どのへんがビッグ・フットなんだろーね」

とわたしが言うと、夫は、

「いや、きっと何か目玉があるに違いない。これだけで終わるはずはない」

と、自分に言い聞かせるよう呟くと、こぢんまりした順路を行ったり来たりしていた。わたしは全然面白くなく、一刻も早く外の空気が吸いたかった。すると、わたしより先行して角を曲がっていた夫が明るい声でわたしを呼んだ。

「いたよいたよ、早く早く」

小走りに夫の声のほうに近づいてみると、そこには、なんと実物大と思われるサスカッチのぬいぐるみ（剝製じゃないのが悲しい。でも剝製だったらもっと恐いけど）がむき出しで飾られてあった。顔だけプラスチックのぬいぐるみ（モンチッチ状態）。ロープの柵のようなものが張られていたが、基本的に触り放題。確かにデカい。そして、そのサスカッチはなぜか白髪だった。全身白毛。わたしたちが知ってるサスカッチは黒々とした剛毛だったはずである。ひょっとすると、ウサギのように季節で衣替えをするのか？　ま、どっちだっていいが。

夫は妙に喜んでいた。とてもうれしそうである。一緒に写真を撮ってほしいとまで言った。室内は薄暗かったので、ストロボをたかないと撮れないと思ったが、あんまり明るすぎると、そのサスカッチのビンボーくささが丸見えになるので、あえて室内光だけで撮影した。そのガチャピンのようなサスカッチと一緒に写真を撮るのがそんなにうれしいことなのだろうか。

が、しかし、夫は異常に喜んでいた。

ホテルに戻ってひと休みした後、いよいよ山でも……と思っていたら今度は、散髪がしたいと夫が言いだした。

またインドアかい。

夫が言うには「旅先で散髪するのが楽しみ」なのだそうだ。おお、それはそれでなかなか面白い趣味だ。特に今回はカナダだということで、店員さんとどんなコミュニケーションがあり、どんなヘアスタイルになるのか楽しみではないか。

ホテルのフロントに教えてもらった店があいにく休業だったので、ホテル内のヘア・サロンでお願いすることになった。わたしはその間、部屋で待つことにした。

「行ってきまーす」

サスカッチのこともあって、夫はご機嫌で出ていった。

そして三十分もしないうちに戻ってきた。

元気がなかった。

見ると、ヘンな頭。カリフォルニア野郎みたい。いや、それではカリフォルニア野郎に失礼か。前髪がふんわり中分けで、襟足に妙なボリュームのあるやつ。カントリー歌手のようだ。そしてそこに典型的な縄文人顔がくるわけだ。サロンのヒトはそのへんのバランスのようなものを考えてくれたのだろうか。聞くと、店員同士おしゃべりに夢中で、なんのコミュニケーションもなかったらしい。

「もういいよ……」

どんな慰めの言葉も夫の心を癒しはしなかった……。

再び翌日。

夫を元気づけるために、馬に乗ることにした。バーベキューブランチがついているという三時間のコースを選んだ。牧場に着き、馬をあてがわれると、金髪の兄ちゃんがわたしたちに向かって大声で、なんだかわけのわからないことを叫んだ。

「アルクケルトマルヒクミギヒパルヒダリヒパル!!」

よく聞くと、どうやら乗馬に関しての日本語での注意事項らしい。なんかの呪文かと思った。

そしてその説明を聞いた後、わたしたちと、外人のもうひとカップル、そしてインストラクターの兄ちゃんの五人で出発した。

お天気もすこぶるよくUV絶好調といった感じであったが、山道にはほどよい木陰ができていて心地よい。ジャスパーで山道は経験しているので、手綱さばきも慣れたものである。わたしたちは一列に並んでどんどん山道を進んでいった。夫のバック・ヘアスタイルも、この景色の中で見ると、なんか本物のカウボーイみたいで味がある。夫もさぞかしご機嫌だろうと思っていると、夫の馬もご機嫌のようで、前を歩いている外人カップルの馬を抜こうとお尻にちょっかいを出している。迷惑そうな前の馬は足並みも乱れ、

「ブッファン、ブヒブヒ」

とブタのような声で抗議している。すると、先頭のインストラクターが、

「列を整えてくだサイ。抜かさないでくだサイ」

と指示を出した。夫も自分の馬を整列させるために必死で手綱を引いたりなんだりしてはいるけれど、どうもその馬は言うことを聞かないらしい。そのたびに、

「ハイ、並んでくだサイ。抜かさないでくだサイ」

としつこく注意され、夫も必死になっていた。しかし、その後もずっと夫の馬は列を乱し続け、グジャグジャの列のままバーベキューブランチの場所になだれ込んだ。

夫はまたもやブルーになっていた。

「イェーイ、ウェルカム！」

と陽気に声をかけてくれたお姉さんとも、目を合わせられないようであった。ブルーな夫をよそに、派手な音をたてて分厚いステーキがジュージュー焼かれ、卵も山のようにスクランブルされている。夫を除いた四人は、とても充実した顔で肉に食らいついていたが、ブルーな夫はただひとりコーヒーを啜るのみであった。

「どうしたの。大丈夫？」

と伺うと、しょんぼりと、

「なんか、グループ行動って向かないな」

と今更なことを言っている。

「そんなこと言ったって、こんなところは何をやるったって誰かさんと一緒になるわけだし、ふたりだけだったら散歩くらいしかないよ」

とカツをいれても、

「いいよそれでも」

とますますブルーに染まっている。

「なんか、他のヒトたちに迷惑かけちゃうから楽しめない」

と気弱なことまで言っている。そんなこと言う前に手綱をしっかり引かんかーい！

と思ったが、

「いいんだよ、ちょっとくらい迷惑かけたって。そうやって助け合うのもアウトドアの楽しみなんじゃないのか？」

とガールスカウトのリーダーが言いそうなことを夫に言って聞かせた。それでも夫のブルーな感じは、下山しながらも変わらなかった。

すっかりブルーに陥った夫は、ホテルに戻ると以前より頻繁に日本の自分の留守番電話を聞くようになった。ジャスパーに着いた当初から留守電を聞いては、

「誰からも入ってない……」

と小ブルーになってはいたが、

「そりゃそうだよ。みんな旅行してるの知ってるんだから、わざわざ留守中に電話なんかいれないでしょ」

と言うと、そりゃそうだね、と納得していた。でも、それでも何か突然ビッグ・ニュースが飛び込んできやしないかと、気になるらしく、二日に一遍は電話を聞いていた。

そして、いつも、「ゼロ・ケンデス」とマシーンが答え、そのたびにがっかりしていた。わたしのほうは、もともと留守電を外から聞くことは殆どないけれど、それが旅行となると、まず聞かない。そういう日常から離れたいために旅行するようなもんだからな。そんなわたしには夫の気持ちは理解し難かった。

そんなブルーな夫を見ながら、アウトドア派だと自分では言っているが、ここにきて、どうもそれは怪しいんじゃないかという疑惑がわたしの中に湧いてきた。

振り返ってみれば怪しいことだらけである。

ジャスパーでのあのグッタリした感じ。あれは田舎に対する拒否反応だったのではないか。そしてやや街っぽいバンフに来た時の、あの目の輝き。あのいかがわしい「ビッグ・フット博物館」での喜びよう。グジャグジャに列を乱してブルーになった馬乗り。そしてとどめは頻繁な留守電のチェック。カントリー歌手のようにされてブルーになったのを差し引いたとしても（どういう計算だか……）、夫はどうも「大自然に抱かれる旅」というテーマから外れたところにいるような気がしてならない。これから先の人生のプランもあるし、本当のところはどうなのか見極めることが必要ではないだろうか。

そこで、わたしは次の日、あるアウトドアスポーツのアクティビティに参加してみようと夫に提案してみた。

夫は少しビビったようだが、

「一生に一度のことだからね……」

とそれに参加することをしぶしぶ承諾したのだった。言ったな、一生に一度と。もうやらないんだな、一生。

そんな言葉じりを心の中で反芻《はんすう》していると、夫はまた電話に手を伸ばしている。そして言った。

「あー、日本のスポーツ新聞読みたいねぇ――」

……怪しい……アウトドア派だぁ……?

長編読《ちょうへんよ》み物《もの》・心《こころ》のアウトドア派《は》2

さて、夫のアウトドア派というのは本当なのだろうか。

その疑惑を解明するために、わたしが提案したアクティビティとはずばり、ラフティングである。

ご存じでしょ。あの、みんなでゴムボートに乗っかって川の激流を下るやつ。

絶叫モノ好きのわたしも、これは以前から相当凄そうだと思って注目していた。これで死んだというヒトの話は聞いたことがないが、この、生きるか死ぬかという究極の状況こそ、キリシタンの踏み絵のように、真実のアウトドア派か否か、はっきりと白黒つけられるのではないかと踏んだわけである。多少強引ではあるが。

集合は町のラフティング屋さんであった。

ホテルで作ってもらったランチボックスを持ってその店に集合すると、そこには、世界各国のラフティング野郎たちが大集合していた。みんな今からのラフティングを楽しみにしているようで、それぞれ大声で喋ったり笑ったりしていささか興奮状態のようだ。そして、大きなテレビモニターには、ボートがドップンドップンもみくちゃにされている大興奮のラフティングビデオが繰り返し再生されていた。

「な、なんじゃこら……」

わたしたちはそれっきり言葉を失った。こ、これは想像以上に凄そうだ。

水が、ドッポンドッポンぶっかかり、ボートがひっくり返っちゃったりしている。お、恐ろしい……。それを観て若者たちも、

「ヒュ――――！」

「ウワ――――ォ！」

とガッツポーズをしたりして大騒ぎだ。勢いでここまで来てしまったが、大丈夫だろうか……。

そして、熱気みなぎるまわりをしみじみ見渡してみると、更に恐ろしいことに気づいた。

わ、わたしらが一番年寄りじゃないか。

どう見ても一番歳がいってる。いいのか、こんなに年寄りで。年齢制限はないのか。心臓麻痺とか起きないのか。おい、大丈夫なのか！　死にはしないんか！　と誰に向かって問いただすでもなかったが、その平均年齢の低さに、さすがのわたしも、誘っておいて急激に不安になった。しかし、それ以上に夫がビビっているのは手に取るようにわかった。なんといっても夫が一番の長老なのであるから。

ヤングの熱気にあてられて、めっきり口数も少なくなったわたしたちは、ふと、ランチボックスを持ってきている生ぬるいやつらは、わたしらだけだということにも気づいた。ランチなんて食べるヒマないんだな、きっと。ゲロゲロに激しいんだな、きっと。

のっけから、かなり精神的ダメージを勝手に受けたわたしたちは、それでも、ラフティング屋さんの指示のもと、それぞれバスに乗り込んだ。これから目的地の川の上流まで、バスで一時間ちょっとの移動である。

バスの中でも若者たちは大はしゃぎだ。まるでスクールバスの中に紛れ込んでしまったかのようである。夫婦の会話もなく、それぞれの思いでじっと座席につきながら、わたしは、自分の強引な選択をかなり後悔していた。

おのれの命を張ってまで、なぜ、ここまでしなければならなかったのか。夫のアウトドア加減がどの程度のものなのか、そんなにまでして知る必要があったのか。自分のアウトドア加減は一体どうなのだ。そんなに好きじゃないだろう、アウトドアスポーツ。キャンプだってそんなに好きじゃないはずだぞ。寝るならやっぱ風呂入って、暖かい布団で寝たいだろ。えっ、そうだろ？　それなのになんで今ここにいるんだよ。こんな若者に混じって。

……それは愛。

そうよそうよ、夫の愛するアウトドアを、妻のわたしが愛せずしてなんとする。そう思ってやってきたここ、カナダ。しかし、そのアウトドア派の夫が……夫が……。ぐるぐると様々な思いが頭をめぐり、それが若者たちの喧騒《けんそう》とあいまって耳鳴りがしてきた。このまま川の流れに身を任せてよいものか。おい、どうする？　どうするよ？　隣をふと見れば、夫も焦点の合っていない目で遠くを見ていた。

自問自答の回答も出ないうちに、無情にもバスは目的地に着いた。凄い田舎である。そして川……。

おそらく相当上流なのだろうが、川幅は広い。流れも緩やかだ。

ドヤドヤとバスを降りると、もうすでに、レジャーシートの上にウエットスーツとブーツ、そしてヤッケ（こういう言い方します？　まだ）が山積みされていた。それと、セーター。

　そして、筋肉ムキムキのインストラクターのお兄さん（といってもわたしらよりお若い）が言った。

「はーい、それぞれ自分のサイズ着てくださーい」

　ウエットスーツやブーツまではわかるが、このセーターというのは一体なんなんだ。そしてこのセーターというのがまた見事な古着の体をなしていて、どれもなんだかしっとりしていて気持ち悪い。しかし、ここにわざわざ積まれているということは、着なくては何かマズイことがあるんだろうな。川に放り出された時、岩肌でずるむけにならないようにだな、きっと。そんな命に関わることならばここは多少の気持ち悪さはがまんして、おとなしく従うべきだろう。夫も、グループ行動が苦手だというのに、もの凄い人数に混じって必死に自分に合うセーターを探している。彼も命がけだ。今のところ、夫がアウトドアを楽しんでいる気配は微塵《みじん》も見られない。むしろ、入りたくなくて入れられた、兵役中の軍人さんのようである。

　あらかじめ着てきた水着の上にウエットスーツを着、そしてまたその上にセーターを着込み、ブーツ、ヤッケ、ライフベストを装備し、ヘルメットまで被らされると、全員集合の声がかかった。完全装備になってみると、もう、覚悟を決めなければならないといった切羽詰まった気持ちになった。

総勢四十名ほどのラフティング野郎たちは、注意事項に耳をかたむけながらも、今から繰り広げられる大冒険にワクワクソワソワといった感じだった。最後まで必死で身仕度をしていたわたしたちは、一番後ろになってしまって、説明は英語だし、声は届かないし、みんなデカくて前は見えないし、もう、なんのことやらさっぱりわからない。とにかく、何がボートがひっくり返った時の対処の仕方を説明しているようだ。

「なんだよなんだよ、これって超重要事項じゃないの」

「ちょとちょっとちょっと……」

とジャンプしたりしゃがんだりしていたら、説明は終わってしまった。

「……どうするの……」

わたしたちは青くなった。するとおもむろに、

「ひい、ふう、みい、よう……」

とおおざっぱなグループ分けが始まった。わたしたち夫婦は、離れ離れにならないよ

うに、慌ててヒシッとひっついた。そして振り分けられたのは、それぞれドイツ人の男の子同士と、スウェーデン人のカップルとのチームだった。もちろんヤングね。大学生くらいだろうか。彼らは、心細げなわたしたちとは対照的にやる気満々である。インストラクターのお兄さんに「誰がオールを漕ぐか」と聞かれると、

「やらせて」

「おれも」

「おれも」

とドイツ・スウェーデン組の男子から積極的な挙手があった。メンバー六人のうち、男子四人女子二人。オールは四本なわけだから、男子がオール係になるのが自然であろう。あとひとり、勿論ここはそこのオジサンが漕ぐんでしょ、という雰囲気で、挙手のない夫に、皆の視線が一斉に集まった。すると夫は身を硬くして、

「プリーズプリーズ、アイアム、オールド」

とジリジリ後ずさりした。わたしもそれには賛成だったので、

「イェスイェス、ヒーイズ、トゥーオールド」

と、夫ともども、身をよじらせながら積極的に他国の女子に薦めた。その女子は非常

に華奢《きゃしゃ》であったが、どうやら自分も漕ぎたかったらしく大喜びだった。二時間も何もしないでボートに乗っているより、やはりここまで来たら漕ぎたいんだろう、普通は。わたしはともかく、ここでも夫は消極的な姿勢を崩さない。

号令で全員一斉に右側に寄ったり、左側に寄ったりする練習をした後、いよいよボートが川に投げ込まれた。バランスを考えながら、インストラクターのお兄さんが、あんたそこ、あんたそっち、とポジションを指示した。六人の中でわたしは一番ちびっこだったので、ボートの先端に座らされた。これって、進行方向に思いっきり背を向けているじゃないか。前がどうなってるかわからない分、恐怖もひとしおだ。オールを漕ぐ皆さんはそれぞれバランスよく配され、夫はわたしと逆の一番おしりに座らされた。もちろんオールなしで。そして、ボートの真ん中には、ムキムキのインストラクターのお兄さんが仁王立ちの体勢をとり、いざ、ボートは川の流れに放たれたのであった。

ところが、水に浮かんでみれば、意外や意外、何ともいえないいい気分だった。のどかな景色も、やっぱり日本の東北のとはどこか違うわよねえー、なんて思いながら、カナディアンロッキーをしみじみと拝んだ。やはり、ビギナーコースはこうでなくっちゃ。あのモニターに映っていたラフティングは、上級コースの映像だったに違いない。これならいけそうではないか。

「おーい。気持ちいいねえ」

わたしは、後ろで頑《かたく》なにボートのへりのロープを握り締めている夫に声をかけた。

「いや、まだまだ。まだまだ」

手の力を緩めないまま、夫は真剣な表情で言った。あんまり流れが緩やかで、これならまだ、長瀞《ながとろ》の川下りのほうが刺激的なくらいだ。インストラクターのお兄さんも、無駄に筋肉つけてるなぁ。おー、楽勝楽勝。

するると、突然、正面に見える夫の不安げな表情がさらに強張《こわば》った。次の瞬間だ。

「右！　思いっきり漕ぐ!!」

インストラクターが急に声を荒らげたかと思うと、ググ――――ッと、ボートの先端が下に落ちた。

「うぎゃー！」

後ろ向きのわたしは一体何がなんなのかわからないまま、必死でロープを握り締めた。オール係の皆も、

「ギャ――――！」

と声を上げながら必死で漕いでいる。

次の瞬間、ボートはドッカーンと空中に放たれた。

着水したと思ったら、もう前も後ろもなく、ぐるぐるにまわっている。

「アレ――――!!」

右から左から大量の水を浴び、さらに大きな岩が出現して、インストラクターも指示を出しながら自ら巨大なオールで、舵《かじ》をとっている。

「オ――――――――!」

皆で絶叫しながら、右往左往の大騒ぎである。流れはさらに激しくなり、水しぶきが凄くて目も開けていられない。思ったより水も冷たい。一体夫はどうしているのか。楽しんでいるのか。そんなわけない。さっきから夫の絶叫だけは聞こえない。ひょっとすると、激流に呑み込まれてしまったのか。顔面の水をやっとはらって見てみれば、固まったまま夫は声さえ出していなかった。いや、出せなかったのかもしれない。あまりの恐怖で。

激しい流れが一段落すると、再び緩やかな流れになった。そこであらためて見た夫の顔は、寒さと恐怖で緑色になっていた。

「だいじょーぶ？」

と声をかけても、ブルブル震えながら涙目で見つめ返すばかりである。風も出てきて寒さもひとしおだ。そんな、恐怖と寒さで震えるわたしたちとは対照的に、オール係たちには、

「俺たちは、とりあえずやった」

という熱い充実感が漂っていた。それに比べて、ただ座って水をかぶりながら流されるだけのわたしたち。

なんか、空しい。そして、情けない。

と思ったら、再びインストラクターが叫んだ。

「全力で漕ぐ！　漕ぐ！　漕ぐ！」

漕ぐっていったって、わたしたちには漕ぐオールすらない。

「ギャ――――」

「ウォ――――」

と絶叫しつつ、またあっちに飛ばされ、こっちに飛ばされ、水を全身に浴び、ひぃひぃ言っていると、突然、

「さあ、あっちを向いてごらん！」

と、インストラクターがある一方を指して言った。向いてごらんったって、こんな激流の中、どうやって見るんだよ、何があるんだよ、一体。ぐるぐるまわるボートから、バレリーナのごとく首を回転させながらその方向を見ると、なんと向こう岸の岩山に記念写真係が手を振って立っているではないか。おお、長瀞と一緒ね。それにしても、よりにもよって、何もこんな激しいところで撮らなくてもよさそうなものだが、やはり、このくらい激しくないと、皆、納得しないのだろう。わたしは一応、記念だからと、必死でカメラ目線にしようと頑張ったが、向いたと思ったらまた激しい流れに進路を乱され、ボートも半分沈没しかけたりして、それどころの騒ぎではなかった。夫のほうも、写真係がいるということすら気がつかなかったようで、緑色に固まったまま、声も出さずに波にもまれていたのであった。

どのくらい流されたであろう。

激しい流れに幾度となくもみくちゃにされ、空中に放たれ、水面に打ちつけられ、身も心もボロボロになった頃、やっと安定した緩やかな流れになった。二時間びっちり漕ぎきったオール係たちは、顔が熱気で紅潮していた。もう激流がないことを知ると、川

恐怖のズンドコ。ヘルプ!!　わたしら一体どこにいる!?

に飛び込んでプカプカ浮いて喜んでいるやつらもいた。わたしたちはといえば、二時間にわたる恐怖と緊張から解放されて、もうガチガチのブルブルであった。流されるだけ流されてなんの運動もしなかったから、とにかくもの凄く寒かった。たとえ濡れていてもセーターを着込んでいてよかったと思った。

岸に着くと、皆でボートを担ぎ、トラックに積んで、そうしてこの、ヒトをバカにしたようなもの凄いおっかない川下りは終わった。

皆がそのへんでモソモソと着替える中、わたしたちは河原にグッタリと座って、持ってきたサンドイッチに齧りついた。

「……もういいよね、こういうの」

「なんか……す、凄かったよね。生きててよかったよね……」

結局、このラフティングという試みは、ただ恐怖に打ちのめされただけで、夫に対する疑惑のなんの解明にもならなかった。しかし、アウトドア派だろうがなんだろうがそんなことどうでもいいじゃないか、とにかくぼくらは皆、共に生き長らえた、というありがたさと、こんなオソロシイ思いは一生に一度で充分だ、ということを教わった。これだけでも、まあ、やってよかったということか……。

そんなわけで、夫はアウトドア派かどうか、曖昧《あいまい》なまま、わたしたちはニューヨークへ移動したのであった。

さて、もうここはカナダの田舎町とは大違い。超高層ビルが立ち並び、小洒落たものが溢れる刺激的な街である。

夫は想像どおりすこぶるご機嫌だ。

テレビをつければ、チャンネルは選び放題。大好きなヴァージン・メガストアもあるし、本屋さんもたくさんある。小銭でちょっと買い物できるようなデリも、ホテルのすぐそこだ。

「なんか、この頭変だから、髪の毛切ってくる」

と、五番街にあるヴィダル・サスーンのサロンに鼻歌交じりで出掛けたかと思えば、CMに出てきたヴィダル（不思議な名前だ）とおんなじ髪型で帰ってきた。今思えば、あのカナディアン・カウボーイヘアも懐かしい。

「ここなら住んでもいいなぁ」

ある夜、夫がテレビを観ながらポツンと言った。

「いいよねぇ、住みたいよねぇ。でも、オーストラリアに住みたいとか言ってなかった？」

と、突っ込むと、

「……ん————、いいよねぇきっと、オーストラリア……」

「大自然の中で暮らすのが夢なんでしょ？」

「…………」

「アウトドア派なんでしょ？」

ずばり核心にふれた。すると、少しの沈黙の後、夫はこう言った。

「……ぼくの場合は『心のアウトドア派』だから……」

は……？　心のアウトドア派……？

そして、夫は受話器を取ると、いつものように自分の留守電を聞きはじめた。どうせ何も録音されていないというのに……。

こうして、夫のアウトドア派疑惑は、なんだかよくわからないが、とにかく、心のアウトドア派だった、ということで一段落ついた。

一緒に旅に出たり、『大貧民』をやるとその人となりがわかるというけれど、本当にそのとおりだ。これからも、一緒に旅をするたびに新しい発見があるのだろうか。

夫はいつか、

「ぼくには絶対音感がある」

と言っていたけれど、その真実も、旅で明かされる日が来るのであろうか。

「心の絶対音感」とか言わせないぞ。わかってるだろうね。

とりあえずネイティブへの道《みち》

楽しい老後……それがわたしの夢である。

緑豊かな郊外で、庭の手入れをしたり、犬の散歩をしたり。

そして、たまには海外旅行にでも出掛けたいもんである。その頃には年寄り団体旅行のお世話になっているかもしれないが、自由行動の時くらいはフラッと気ままに散歩するのもいいだろう。そして、そんな時、やはり、英語が喋れたら、旅の楽しみも二倍二倍。今のうちからぼちぼち勉強していれば、婆さんになった頃には多少喋れるようになっているのではないか。欲張らない、長ーいスパンの計画だ。

そんなわけで、近所の英会話教室の門を叩いたのは、ある春のことだった。

その英会話教室は、いつも買い物に出掛ける時に通る道沿いにあって、お世辞にもきれいとはいえない、築三十年は経っているであろう普通の民家であった。そこに掲げて

ある、

『家庭婦人のための英会話』

という看板が、妙にインパクトがあって、前々から気になっていた建物だ。そのうえ、そこには、英語の他に、スペイン語、ポルトガル語、フランス語、そして、外国人のための日本語、という看板も掲げてあって、建物の外観の印象とは裏腹に、実に国際的な教室のようである。

きっと、この一見ボロい民家の中に一歩足を踏み入れれば、様々な言語が飛び交う、コスモポリタンな世界が繰り広げられているに違いない。そしてスペイン人の先生や、フランス人の先生たちとも知り合いになれば、一気にトライリンガルの夢も不可能ではないかもしれない。

わたしの胸は今から踏み入れる国際舞台への希望でいっぱいに膨らんだ。そして軽く咳払いをすると、その玄関の呼び鈴を丁寧に押した。

ピンポーン

「はーい」

中から男のヒトの声がした。それも結構年配の。

ガチャッとドアが開くと、そこには五十代半ばくらいの男性が立っていた。かっぷくのいいその男性は、おそらく天然なのだろう、フッサフサの白髪まじりのソバージュ頭のロンゲで、鼻には小さな丸眼鏡をひっかけ、そしてワイシャツに、タバスコの絵がプリントされた派手なネクタイを締めていた。

「はい。なに」

「えっと……あの、英語を勉強したいんですが……」

「あ、英語ね。はい、じゃ、どうぞ上がって」

玄関は普通の家のように靴を脱いで上がるシステムになっていた。そして、その上がってすぐの正面に受付があった。外見どおり、内側もかなり年季の入った建物だ。受付のあたりには、教本や、資料、コンピュータなどが雑然と並んでいた。なぜか電気釜まであった。かなりドメスティックな感じだ。壁の上のほうには、相当昔に撮ったと思われる、外人さんたちとの楽しいパーティーの写真などが大きく引き伸ばされて何枚も飾られてある。

「あー、英語ね。なに、英語はどんな英語を勉強したいの」

その男性は受付のデスクのほうにまわりながら、つっけんどんに言った。

「え。どんな英語といいますと？」

「留学の準備とか、受験とか」

「あ、いえ、あの、目的という目的じゃないんですが、将来のためといいますか、あの、歳とった時の楽しみのためといいますか……」

「あそ」

あそ、って、嫌な感じはしないけど、このヒト、受付のヒトにしては、かなりそっけないというか無愛想というか。

「……あの、教室はいくつくらいあるんですか？」

「ええと一応四つだけどね」

なるほど、そこで様々な国のヒトたちがいろんな言語を学んでいるのか。かなりボロい建物だけれど、教室が四つしかないというのは、こぢんまりしていていい感じだ。

「えっと、個人レッスンでお願いしたいんですが」

「あっそ。それで、週何回来れるの」

「何回、といいますと？」

「そうね、週二回くらい通わないとなかなか慣れないからね。英語は慣れだからね」

「はぁ。じゃあ二回にします」

「あっそ。何曜日？　時間は何時くらいがいいの」

「えーと、仕事の都合で来れない時もあると思うんですが……」

「あそ、じゃそれは振り替えしますから」

「あ、そうですか。すみません。じゃあ、月曜日と木曜日の午前中というのはどうですか」

「あっそ」

という感じで、そっけないこの男のヒトに入学関係の説明をいろいろと聞き、来週からここに通うはこびとなった。

それにしても、今くらいの時間なら、どこかの教室で英語やらフランス語やらの授業が行われていていいようなものだが、それらしき声はどこからも聞こえない。先生たちは、お昼休みでどこか食事にでも出払っているのだろうか。玄関で靴をはきながら、

「あの、それで、先生はアメリカとかイギリスの方なんですか？」

とたずねると、その男性は、

「わたしですがね」

とキッパリ言い放った。

「え」

このソバージュおやじが先生だ？　それも日本人。日本人から英語を習うなんて、どうも気恥ずかしいし、第一信用ならんね。

「とりあえず、わたしが授業します」

きっと、わたしの英語力がどんなもんか確かめた後に、外人の先生に振り分けられるに違いない。最初の二、三回の辛抱だわ。それに、もしかしたらこのソバージュおやじ、どう見ても純粋な日本人だけど、ひょっとすると、何十分の一かなんか外人の血が混じっている、いわゆる日系十五世くらいかもしれない。英語なんかネイティブ状態だったりして。

それでは来週、と玄関を出た時、郵便受けの名前を見て、おお、こ、これはやはり、と思った。その郵便受けには、

『ホセ・ヤマガタ』

と書かれてあった。ホセとはいかにもスペイン人か何かの名前だが、ヤマガタとくればこれはどう考えても日系ではないか。きっと、あの先生はスペイン語も話すんだわ、

と納得し、ちょっと安心してその英語教室を後にしたのだった。

そして最初の授業の日。

「それでは、わたしの後について言ってください。いいですか」

相変わらず派手なネクタイをしているソバージュ先生は、テープレコーダーの録音スイッチを押してそう言った。そしていきなり、心臓が飛び出すほどのバカでかい声で、こう言った。

「アイハバリルマネイ、インマイポケットナウ！」

……は？　アイハバリルマネイインマイ……？

もの凄い発音だ。わたしは固まった。そして、一瞬の間に、この教室に通うことに決めたのを後悔した。

「さあ、続いて。アイ」

「あい」

「ハバ」

「はば」

「リル」

「りる」

「マネイ」

「まねい」

「インマイポケット」

「……いんまいぽけっと」

「ナウ！」

「なう」

「アイハバリルマネイ、インマイポケット、ナウ!!」

「あいはばりるまねいいんまいぽけっとなう」

……なんか、辛い。こんなはずではなかったはずだ。

とにかく、そのソバージュ先生はもの凄い発音だった。もの凄いカタカナ発音。あまりにもカタカナすぎて、一体何を言っているのかわからないことすらあった。それでも、とりあえず外人先生の担当になるまでの少しの間の辛抱だと、気が遠くなりそうなのをグッと持ちこたえ、なんとか二時間頑張った。授業の最後に、

「帰って、このテープを繰り返し聞いて練習するように」

と、その先生と苦しそうにリピートするわたしの声が録音されたテープを渡された。家に帰ってそれを聞いてみれば、明らかにこのわたしのほうが発音がいいではないか。いいのだろうか、こんなところに通い続けて。しかし、一回通ったきりですぐにやめるというのも、あまりにもあからさまに見切りをつけたみたいで申し訳ない。とりあえず外人先生の出方を見て、それで決めよう、という結論に達した。

ところが、そんな猛烈なカタカナイングリッシュレッスンが何度も繰り広げられるだけで、今度こそ、今度こそ、と思っても一向に外人先生に代わる気配がない。それに、わたしが来ている間に、他の教室で授業が行われている気配がないのである。いくら平日の昼間とはいえ、わたしのように日中ヒマにしている家庭婦人が他にいても全く不思議なことではない。一体これはどういうことなのか……。

ある日、またまた外人先生が現れず、白髪大量ソバージュをなびかせて先生が入ってきた。いつものようにカタカナ英語を聞かされたり、ネイティブの喋るテープ教材を聞かされたりしていると、ピンポーンと呼び鈴が鳴り、他の生徒がやってきたようである。これで、やっと他の先生がいらして、教室も活気づくのだわ、と耳をダンボにしていると、

驚異のフィフスリンガル

「はい、じゃ、このテープ聞いて、憶えてソラで言えるようにしとくように」

とヘッドフォンを渡され、先生は教室から出ていってしまった。この、ネイティブが喋っているテープを聞いて憶えるのが、一番好きな課題である。なんかホッとするのだ。カタカナ英語から回避できたような、守られているような。そして何より、本物の英語に触れているという安心感があった。いいのだろうか、こんなテープで安心してて。

すると、隣の教室ではフランス語の授業が始まったようである。

しかし、ちょっと待て。この、ドアが閉まっていてもこんなに轟きわたるバカでかい声。そして、メリハリのあるカタカナ発音……。こ、これはもしかして……。

そう、なんと、隣の教室でフランス語を教えているのも、あの、ソバージュ先生じゃあーりませんか。

わたしは耳を疑った。しかし、どこをどう聞いてもあのだみ声、カタカナ発音、地響きが起こりそうな声量は、ホセ・ヤマガタ以外の何者でもない。

「イレドモサカマ!!」

な、何を喋っているのやら、とにかくカタカナフランス語を大声で発音しているのは、間違いなくソバージュ先生だ。ひょっとすると、表に出ていた看板のスペイン語やポルトガル語というのも、この先生が教えているんじゃなかろーか。そうだよそうだよきっとそうだよ。するってえと、このソバージュ、ひとりで日本語、英語、スペイン語、フランス語、ポルトガル語を操る男ということか。す、凄い……。凄すぎる。

わたしの推測は見事的中した。

その後も、外人の先生は姿どころか形さえ見せず、ソバージュただひとりがあっちの教室行ってはフランス語を話し、こっちの教室行ってはスペイン語を話していた。特にスペイン語とわたしの英語のクラスを掛け持ちの時は、カタカナ英語に拍車がかかって、もの凄いことになっていた。それにしても、大陸続きの国ならこのくらい喋れるヒトも珍しくないのかもしれないが、この島国日本に五ケ国語を操る謎のソバージュおやじが存在するとは……。

外人の先生に代わるまでの辛抱よ、と思っていたけれど、この謎のフィフスリンガルソバージュに興味の湧いたわたしは、やめるタイミングを逃したまま何ケ月かが過ぎてしまっていることに気づいた。そのソバージュ先生のことも、はじめは発音のひどいちょっと変わったヒトだと思って引いていたけれど、そのうちに少しずつよもやま話をするようになると、なかなかユニークなヒトだということがわかってきた。

ホセ（ソバージュ）は、まだ海外へ出るのが今ほど容易ではなかった時代、十八で単身アメリカへ渡り（もちろん船で）、大学に入って英語を勉強。そして、英語を習得した後、スペインだのフランスだのブラジルだの、様々な国を渡り歩いていたらしい。驚いたことに、彼はあの発音で英語とスペイン語の通訳の資格まで持っているというのだ。

「英語は単なる道具にすぎない。アメリカの英語もあればアフリカの英語もある。いろんな国の英語があっていいんだ。そんなに発音だのなんだの細かいこと気にしないでいいんだ」

と彼は、ある日わたしに話してくれた。もっともだと思ったけど、それにしたって貴方《あなた》の発音は……。そして、なぜにホセ？「やっぱり朝は納豆にご飯だなー」と力説するバリバリの日本人なのに。香港人が勝手に自分の名前を外国人名にするのと一緒なのだろうか。やはり謎なヒトである。

そして、春がやってくると、自分の山荘で採れたという竹の子やニラをくれたり、夏になると、一生懸命ネイティブのテープを聞いて必死で憶えているわたしの前にコーラの入ったコップを置いてくれたり、なかなか気さくないいオジサンである。

こう書いているのを読めばおわかりのように、わたしはあまりの発音の凄さに一日も早くやめようと思いながらも、気がつけば四季折々、一年以上もソバージュ英会話教室に通ってしまっていたのである。

果たしてこのままでいいものか……。

よくないよくない全然よくない。

気のいいソバージュをバッサリ切り捨てるのは心苦しいけれど、この激しいカタカナがうつったらやはり困るでしょう。それにそろそろ本物の外人さん相手に話す訓練もしたいところだ。

そんなことを思いながら、ある日、銀行の掲示板に、

『イングリッシュレッスン　イングリッシュオンリー』

と書かれた（もちろん英語で）ものを、発見！　電話番号を見ると、どうやらわたしの住んでいるあたりらしい。これは降って湧いたチャンス！　と、その番号と名前をメモした。ただ、その名前というのが見慣れない名前で、どう発音するのかわからなかったのだが、きっと、アイルランド系とか、ポーランド系とかそのへんの変わった名前のヒトなんだろうと、あまり気にも留めずに、綴りだけは間違えないように慎重に書き移した。

家に帰って、いざ電話の前に立つと、緊張が走った。

これはソバージュのところでの勉強が、いかほどに身になっているかという実践にもなるわけだ。へんなカタカナ英語が身に染みついて、ネイティブのヒトが聞き取れなかったら悲しい。しかし、これからはソバージュのお世話にならずに、ひたすらネイティブ先生オンリーで勉強できたら、その染みついたカタカナ英語の垢もきれいさっぱり落とすことができるに違いない。そうよそうよ、三歩進んで二歩下がる。わたしの英語学習のモットーはチータのそれだったはずである。そう自分に言い聞かせると、とりあえず勇気を出してその番号をダイヤルしてみた。

トゥルルルル……トゥルルルル
緊張の一瞬である。

ガチャ
お、出たぁー。

「ハロー」

相手は英語で電話に出た。外人外人。

「ハ、ハロー」

わたしも、今までソバージュのところで勉強したというなんだかよくわからない怪しい自信と不安のたけを、最初の一声にぶつけてみたのだった。

「(英語)あの、銀行の掲示板で英語を教えてくれるというのを見たんですけれど」

「イエス」

「(英語)えーと、それはこちらでよろしいんですか」

「イエス」

女性の声だ。

「(英語)あ、そうですか。お願いしたいんですけれども」

「(英語)ああそうですか。じゃあ、近々いちどうちにいらっしゃいませんか。そうですねえ、明日の三時にでも」

「………‼」

その、彼女が長々と話すのを聞いて、わたしは再び凍りついた……。

もの凄いなまり英語である。今度のはカタカナというよりも、口の違った筋肉を使って話す英語といった感じだ。「三時に」というのが思いっきり「アトトリ」になっているのだ。

しまった、またた……と愕然《がくぜん》とした。恐る恐る、

「(英語) あなたはどこの方?」

と聞いてみると、明るい答えが返ってきた。

「パキスタン」

ぱ、ぱ、ぱ、パキスタンとおっしゃった、あなた、今……。

なんだよパキスタンて。名前は知ってるけどどこにあって、どんな顔してて何を食べているヒトたちのことか、さっぱりわからんことになってます、わたしの頭。

愕然としたまま、結局うまい断り方も見つからず、翌日そのパキスタン人の家に行くはめになってしまったわたしであった。

翌日、わたしを迎えてくれたパキスタン人のシャズィア (名前) は、民族衣裳を着ていた。

薄い木綿の長いうわっぱりに共布のパンツ。そしてこれまた共布のショール。おまけに鼻には金のピアスまでしてある。こ、これはホンモノだ。そして、他のパキスタン人と比べたことはないが、相当の美人である。

そんなに広くないアパートだったけれど、こぎれいに片づいたその部屋は、彼女のき

ちんとしたまじめそうな印象とよく合っていた。

お互いに自己紹介してみると、彼女は既婚者で、ご主人はパキスタン人だけれど日本の某大手企業で働いているということ、子供が今幼稚園に行っていること、そして、四年後にはパキスタンに帰ることになっている、ということがわかった。歳はわたしより四つほど若い。パキスタンでは小学校の先生だったそうだ。数ケ月前に日本に来て、友達もなく、毎日泣いて暮らしていたらしいのだが、区の外人相談室かなんかで、「このままではいけませんよ。あなた、英語ができるのなら英語を教えてみたらどうですか」と言われて、心機一転、頑張ろう、と奮い立ったそうである。

わたしが必要以上に大きくリアクションして聞いてあげていたらば、

「あなたのようなヒトが英語を習いに来てくれてとってもうれしい。わたしたちきっといいお友達になれるわねっ」

と、握手を求められた。

……もう、これは断れないでしょ……。

それからというもの、週に一回、彼女のアパートを訪れると、彼女はいつも歓迎してくれ、昼ご飯食ってきたってのに、パキスタン料理をわたしにふるまってくれる。そして、勿論、パキスタンなまりの英語も、学校の先生だったというだけあって、みっちりと仕込んでくれるのであった。

こうなると、パキスタン英語一筋でいくわけにもいかないし、ソバージュカタカナ英語一筋に戻すわけにもいかないしで、どうにも、謎のポジションになっているわたしのイングリッシュ。

ソバージュの言う、

『いろんな英語があっていいんだ』

っていうのを、もろ実践しているわたしだが、いつか本物のネイティブ英語を学べる、ありがたい日が来るのだろうか。

英語がぺらぺらになりたいなんて贅沢は言わない。

とりあえず、とりあえずネイティブの英語を学ばせてください。ひとつ、どうかひとつよろしくお願いします。

あとがき

またまたまわりの迷惑かえりみず、本をつくってしまいました。

今回は、「マダム小林」などと意気込んではみたものの、相変わらずのちまちました毎日で、自分でも情けないくらいです。

原稿を書く仕事というのは、わたしにとって本当に辛い仕事です。お仕置きともいえる作業です。何のお仕置きなのかと聞かれたら、返事に困りますが、言ってみれば、こんなちまちました自分の生活のことを、わざわざ本にするという、傲慢極まりないことに対するお仕置きでしょうか。だったらいっそのこと、そんな本なんかつくらにゃいいのに、という声も聞こえてきますが、何がどうなってここまで書き上げてしまったのか、自分でもよくわからないうちに、こんな、エラソーにあとがきまで書いている始末です。

かたじけない。

それにしてもマダムというのは大変なヒトたちです。

「家庭画報」などのマダム雑誌にでてくる香港マダムのような、キンピカしたマダムなどはきっと一握りで、多くのマダムは仕事を持ち、家のこともやり、子供を育て、その上綺麗にしていなくてはいけないという多くの課題を抱えています。わたしなんて、そのなかのもっとも大変な「子供を育てる」という課題にはまだたずさわっていないというのに、毎日、目が回るほど大変です。はっきりいって、外で仕事をしているほうがずっと楽です。そんな未熟なマダム小林は、たまに仕事でご一緒する先輩マダムのカッコよさに惚《ほ》れ惚《ぼ》れすることがあります。彼女たちは綺麗で、優しくて、仕事もできます。そして家に帰ればまだ小さな子供がふたりくらいいるわけです。スゴーい。そんなマダムがこの本を読んだら、ムカツクね、きっと。こんなお気楽なマダム生活に。

どうかお許しを。できれば見過ごして欲しい、この本の存在を。

だが幻冬舎的には多少買ってもらわねば困る。

その辺の微妙なあたりでわたしのココロも揺れているわけです。

しかし、もし寛容なマダムたちがいるとすれば、この、ばかボン（本）を読んで、

「くっだらねー」

と一笑してくださったりしたらば、ほんとにホントにうれしいことです。マダムでない娘さんたちも、こんなばかマダムの存在を知って、これよりマシなマダムになれらあ、と安心していただきたい。

そして、エッセイに登場していただいたわたしのまわりの人々、幻冬舎の菊地さん、この本の製作のために頑張ってくださった人々に心から感謝したいと思います。特に最愛の夫様、なんかいろいろ書いちゃってすみません。でも、とても優しいので、きっと許してくれると信じています。それと、英語の先生は特に読んでほしくないヒトです。よろしくおねがいします。

これがわたしの最後の本となることを祈りつつ、最後まで読んでくださった方々にも感謝したいと思います。ありがとうございました。

一九九八年七月　　　　マダム小林聡美

解説――マダムよ……。

吉本ばなな

前に小林さんを中華の店で見たことがある。この本の中にさんざん頭がでかいと書いてあるが、全然そんなことはなかった。頭が小さくて、唇がきれいで、ああ、やはり芸能人は違う、と私はひそかにみとれてしまった。それに全体から発するあかぬけた近寄りがたい感じ、やはり気さくそうに見えてもきっとこの人は有名人らしい有名人なのだわ、と(しかし私はいったいなんなんだろう? この場合)エビをがつがつ食べながら、上目づかいに何回もあやしく盗み見をして、私は思った。こんなところでこんな仕事をしているんだから、声をかければいいのにねえ。でも、なんとなくできないくらいに、彼女は美しかったのだ。
だが、この本を読んだら、ほんとうにこの人はこういう人なんだ、と（頭が大きいという意味ではなく）心から思った。自分が芸能人であることを、役者であることを、気負いなく普通の人生の流れの中でちゃんととらえているのだなあと。だからきっと声をかけてもよかったのだ。

それから前に彼女の、あの忙しそうでかしこそうな、心のアウトドア派のご主人が「時間的にすれちがいが多くて寝顔しか見ない場合が多いが、妻の寝顔を見ると幸せになる」というようなことを書いていらした。私はけっこうじんとしたが、この本を読んだらますます納得した。人柄は文章にどうしてもにじみでてしまうものだ。彼女のいちばん大きな特徴は、この、ある種独特な、寛容さだろうと思う。この人がいたら、なんとなく許されているような気がする、この世はまんざら悪くないところだという気がしてしまう……映像の中で見る小林聡美さんは、いつもそういう感じだ。私の世代は「転校生」も「廃市」も「やっぱり猫が好き」も見て育ってきたが、どんな役をやっていても彼女から受ける印象は、この世界を肯定している感じがあった。かといって肯定しますぎているわけでもなく、ある程度さめたり、あきらめたりもしながら、ありのままに、そこにあるということをきれいなまなざしで見ているような感じ。こんな人と結婚したら、それは確かに宝だろう。

最近はいろいろ納得できないことが多い。「なんでこの人がTVに出てるんだろう?」「なんでこのふたり結婚したんだろ?」「なんでこの人がこういう物言いをするんだろう?」いつも心は混乱する。でも小林聡美さんについては、そのキャリアも、声も、結婚も、発言も全部すんなり納得できる。この世が正しく回っているという感じがする。そういう人が今どれだけいると思う? こういう気持ちにさせてくれる人の貴重さを、しみじみと思う。

さらに小林さんは、書けば書くほどこつをつかんできているという感じで、どんどん文章がうまくなっています。解説を書くんだからまじめに読まねば、と思っていたのに「函館の女」で大爆笑してしまった……。間違われたからって、海老名美どりってサインするなよー!

なので、書くことをいやがらずに、これからも私をはじめみんなを笑わせつつもうんうん、と納得させるその人生をがんがん書いていってください！

――作家

この作品は一九九八年九月小社より刊行されたものです。

幻冬舎文庫

●好評既刊
小林聡美
ほげらばり〜メキシコ旅行記

気軽な気持ちで出掛けたメキシコ初旅行。しかし、待っていたのは修業のような苛酷な16日間……。体力と気力の限界に挑戦した旅を描いた、書くは涙、読むは爆笑の、傑作紀行エッセイ。

●好評既刊
小林聡美
凜々乙女

「人間は思い込みだ」と胸に秘め、つつましくもドタバタな毎日を駆け抜ける——。パスポート紛失事件、男性ヌード・ショウ初体験etc.カラッと明るく、元気が出てくるエッセイ集。

●好評既刊
小林聡美
東京100発ガール

酸いも甘いもかみ分けた、立派な大人、のはずの三十歳だけど、なぜか笑えることが続出。彼の誕生日に花ドロボーになり、新品のスニーカーで犬のウンコを踏みしだく……。独身最後の気ままな日々。

●好評既刊
小林聡美
案じるより団子汁

「いいの? こんなんで」。謎のベールに包まれた個性派女優の私生活をここに初公開!? 自称口べたなのにもう誰にも止められない、抱腹絶倒の早口喋りが一冊に。群ようこ氏らとの対談も収録。

●好評既刊
三谷幸喜
オンリー・ミー 私だけを

爆笑、嘲笑、苦笑、朗笑。どこから読んでも笑いが飛び出す、人気脚本家のコメディな日常? 文庫化にあたってサービス加筆、お笑い作りの秘訣まで教えます。一頁で、一回は笑えます!

幻冬舎文庫

●好評既刊
俺はその夜多くのことを学んだ
三谷幸喜・文
唐仁原教久・絵

盛り上がった初デート。家に戻った俺は、もう一度彼女と話をしたくなる。煩悶した末にかけた一本の電話が、不幸な夜の幕開きだった……。可笑しくも、しみじみ染み入る、人気脚本家の名短篇。

●好評既刊
猿ぐつわがはずれた日
もたいまさこ

40代を迎えてにわかに活気づいてきた人生を「何が何だかわけが分からない……」と、とまどいながらも悠然とたゆたう。そんな日常を描いた、個性派女優の気持ちがほぐれる名エッセイ。

●好評既刊
毛糸に恋した
群ようこ

世界にたった一つ、が手作りの醍醐味！　編んで楽しい、着てもっと楽しい、贈ってもっと嬉しい。こよなく編み物を愛する著者が、毛糸のあたたかなぬくもりを綴った、楽しいエッセイ本。

●好評既刊
人生勉強
群ようこ

「次から次へと、頭を抱えたくなるような現実が噴出してくるのだ(あとがき)」。日々の生活から、笑いと涙と怒りの果てに見えてくる不思議な光景。笑えて泣ける、全く新しい私小説。

●好評既刊
ヤマダ一家の辛抱(上)(下)
群ようこ

お人好しの父、頼もしい母、優等生の長女、今時の女子高生の次女。ヤマダ一家は、ごくごく平凡な四人家族。だけど、隣人たちはなぜか強烈で毎日振り回されてばかり。抱腹絶倒の傑作家族小説。

幻冬舎文庫

●好評既刊
藤臣柊子
結婚っていいかもしれない
浮気、ダンナの母etc.……結婚生活の現実はキビシイ、でも日々のささやかなハッピーがあるからやめられない。やっぱり結婚っていいね、と思わせてくれる、オールカラーコミックエッセイ。

●最新刊
藤臣柊子
結婚っていいかもしれない2
嬉し恥ずかしの新婚時代を経て、二人暮らしも落ちつくと、愛もあるけどそれ以上にケンカのネタがてんこ盛り！　それでも、お馬鹿で楽しい結婚生活は、これからもずっと続いてゆく——。

●好評既刊
藤臣柊子
ひとりは楽しい！
ひとりだからできること、ひとりでやったからこそ感動することが人生にはたくさんある！　結婚しながらもひとり暮らしを始めた人気漫画家による爆笑の〝ひとり賛歌〟。初の書き下ろしエッセイ。

●好評既刊
藤臣柊子
女どうし
女どうしはお気楽極楽。「濡れる？　濡れない？」のエッチな話も、ショックな失恋話も女どうしだからこそ一緒に笑って一緒に泣ける。人気漫画家による共感！の書き下ろしエッセイ集。

●最新刊
飛田和緒
お料理絵日記
人気料理家である著者の食生活日記&レシピ集。しらすや梅干しをたっぷり使ったおそうざいから洋食屋さんのアレンジメニューまで、120品をイラストで紹介した、超使える実用文庫！

マダム小林《こばやし》の優雅《ゆうが》な生活《せいかつ》

小林聡美《こばやしさとみ》

平成13年6月25日　初版発行
平成20年10月15日　24版発行

発行者――見城徹
発行所――株式会社幻冬舎
〒151-0051東京都渋谷区千駄ヶ谷4-9-7
電話　03(5411)6222(営業)
03(5411)6211(編集)
振替00120-8-767643

印刷・製本―図書印刷株式会社
装丁者――高橋雅之

万一、落丁乱丁のある場合は送料当社負担でお取替致します。小社宛にお送り下さい。

定価はカバーに表示してあります。

Printed in Japan © Chat Chat Corporation 2001

幻冬舎文庫

ISBN4-344-40113-1　C0195　こ-1-5